# A REALIDADE DA ficção

AMBIGUIDADES LITERÁRIAS E SOCIAIS EM
*O Mulato* DE ALUÍSIO AZEVEDO

# A REALIDADE DA ficção

AMBIGUIDADES LITERÁRIAS E SOCIAIS EM
*O Mulato* DE ALUÍSIO AZEVEDO

Rodrigo Estramanho de Almeida

Copyright© 2012 Rodrigo Estramanho de Almeida

*Grafia atualizada segundo o Acordo Ortográfico da Língua Portuguesa de 1990, que entrou em vigor no Brasil em 2009.*

*Publishers*: Joana Monteleone/Haroldo Ceravolo Sereza/Roberto Cosso
*Edição*: Joana Monteleone
*Editor assistente*: Vitor Rodrigo Donofrio Arruda
*Projeto gráfico, capa e diagramação*: Gabriela Cavallari
*Revisão*: Zelia Heringer de Moraes
*Assistente de produção*: Gabriela Cavallari
*Imagem da capa*: fotos de Friedrich Hagedorn

Este livro foi publicado com o apoio da Fapesp

CIP-BRASIL. CATALOGAÇÃO-NA-FONTE
SINDICATO NACIONAL DOS EDITORES DE LIVROS, RJ

A45r

Almeida, Rodrigo Estramanho de
A REALIDADE DA FICÇÃO – AMBIGUIDADES LITERÁRIAS E SOCIAIS EM "O MULATO" DE ALUÍSIO AZEVEDO
Rodrigo Estramanho de Almeida.
São Paulo: Alameda, 2012.
206p.

Inclui bibliografia
ISBN 978-85-7939-169-9

1. Azevedo, Aluísio, 1857-1913. O mulato. 2. Azevedo, Aluísio, 1857-1913 – Crítica e interpretação. 3. Literatura brasileira – História e crítica. I. Título.

12-7664.   CDD: 869.93
           CDU: 821.134.3(81)-3
                                        040044

ALAMEDA CASA EDITORIAL
Rua Conselheiro Ramalho, 694, Bela Vista
CEP: 01325-000 – São Paulo, SP
Tel. (11) 3012-2400
www.alamedaeditorial.com.br

Para Amanda e José Henrique

Posto entre os dois mundos conflitantes – o do negro, que ele rechaça, e o do branco, que o rejeita –, o mulato se humaniza no drama de ser dois, que é o de ser ninguém.

Darcy Ribeiro, *O povo brasileiro*, 1995

# SUMÁRIO

| | |
|---|---|
| APRESENTAÇÃO | 11 |
| INTRODUÇÃO | 17 |
| CONDIÇÕES E POSSIBILIDADES DE *O MULATO* | 45 |
| EM BUSCA DAS SENDAS POLÍTICAS E SOCIAIS DE *O MULATO* | 61 |
| ALUÍSIO AZEVEDO E O PENSAMENTO BRASILEIRO | 117 |
| *O MULATO* COMO REALIDADE RECONSTRUÍDA | 177 |
| REFERÊNCIAS | 195 |
| ÍNDICE DAS ILUSTRAÇÕES | 203 |
| AGRADECIMENTOS | 205 |

# APRESENTAÇÃO

Neste livro, Rodrigo Estramanho de Almeida constrói uma narrativa sociológica voltada ao romance *O Mulato* (1881) de Aluísio Azevedo, pautando-a por duas preocupações: respeitar a autonomia estética do livro e buscar vínculos entre arte e política. Estas duas questões juntas envolvem reconhecer a literatura como forma de conhecimento e portadora de consciência mediada pelo seu autor. O sociólogo assume, assim, uma perspectiva que considera a obra de arte como um *lócus* privilegiado para se encontrar preciosas pistas sobre a condição humana e sobre a situação histórica. Ele sabe que Azevedo é um autor que compartilha a rica linhagem de artistas pensadores ou filósofos artistas constituída entre outros por Nicolau Maquiavel, William Shakespeare, Jean-Jacques Rousseau e Jean Paul Sartre e, no Brasil, França Junior, Machado de Assis, Guimarães Rosa e Carlos Drummond de Andrade. Muitos autores investigam e problematizam a realidade circundante produzindo literatura, poesia ou teatro. Veja-se como um bom exemplo desta tendência o livro *Sentimento do Mundo* (1940), de Drummond de Andrade, no qual o poeta confessa "tenho apenas duas mãos/e o sentimento do mundo". Azevedo, considerando as suas particularidades de linguagem, é um daqueles que suportam em seus ombros o mundo.

Em *A realidade da ficção*, agora nas mãos do leitor, Rodrigo Estramanho de Almeida perscruta esta possibilidade da literatura conter o mundo, mesmo admitindo ser ela a construção de outro mundo, o mundo próprio propiciado pela arte. Para tanto, com rigor e sensibilidade, centra o foco de sua análise no livro *O Mulato* e no personagem Raimundo, buscando mais detalhes em outros tipos da produção de Azevedo. Desta tarefa, que o leitor verá ser arguta e criativa, abrangente e pontual, nascem considerações inusitadas sobre o autor, a obra e o Brasil ao final do Império, quando o país se prepara para a chegada da República. Neste contexto, surgem aos nossos olhos cenas do cotidiano, embates políticos e alguns mecanismos da mudança estrutural do país.

E, desta forma, as "ambiguidades" do subtítulo do livro nada mais são do que os paradoxos e conflitos que perpassam os sentimentos e os costumes do Brasil de então, sintetizados na ilustração de 1877, reproduzida no livro, na qual Azevedo desenha o Imperador Dom Pedro II tentando se equilibrar entre os ratos do Partido Conservador e os do Partido Liberal, espreitados pelo gato da República.

O sociólogo encontra na obra de Azevedo uma fantástica entrada para assistirmos encenações que ocorriam no Brasil oitocentista, indo dos aspectos prosaicos e dramáticos da vida até as mobilizações ideológicas que movimentaram a política de então.

Para chegar a este resultado, ele exercita uma meticulosa análise interna da obra, construindo categorias analíticas e deixando-se guiar pelo que de melhor permite a empatia pelo objeto de estudo. Estramanho aborda o enredo do livro, estuda seus personagens, suas falas e diálogos, avalia as situações e seus desdobramentos e, inclusive, fica atento ao discurso do narrador. Constrói uma eficiente estrutura analítica para dar conta da pesquisa baseada na literatura. Desta maneira consegue iluminar a sociedade brasileira da época a partir dos vínculos entre arte e história.

Ainda, para além do lugar ocupado pelo narrador de *O Mulato*, Estramanho se coloca como um novo narrador, construtor de mais uma outra camada de interpretação dos acontecimentos presentes no romance de Azevedo. Em um deslocamento de narrador para narrador, o sociólogo monta uma estratégia metodológica possível pelo retrospecto histórico e centra-se na relação Raimundo-Brasil. Raimundo, o mulato, misterioso, forasteiro, com vínculos europeus, continua sendo alguém a ser decifrado, alguém portador de algo novo e personagem que pode ser considerado uma metáfora para desdobrar a história. O sociólogo nos traz Raimundo, assim como o Brasil, branco e preto, em conflitos entre tradição e modernidade, entre provincianismo e cosmopolitismo, entre monarquia e república, enfim entre escravidão e liberdade.

*O Mulato* recebe agora uma leitura instigante que conecta Raimundo com o Brasil, conduzindo o leitor a descobrir quem é Raimundo e, paralelamente, reconstruir imagens e arquivar memórias do país no século XIX. Mas, Estramanho insiste constantemente: Raimundo é e não é o Brasil. Não é, pois o sociólogo sabe e frisa que a literatura cria uma realidade própria, esgota-se na sua própria linguagem e assenta-se sobre uma estrutura só sua. Considera, assim, o suposto de que antes de qualquer coisa literatura é arte, delimitadora de um mundo em si. Este entendimento conduz o autor deste livro a uma complexa metodologia de análise interna, desafiado a retirar o que é histórico daquilo que é estético.

Para tanto, Estramanho parte da *práxis* de Azevedo, colocando-o numa constelação de referências produzida pela história do pensamento político brasileiro e situando-o em diferentes períodos marcados pela criação do romance, delimitando relações de tempo e espaço anteriores e posteriores à publicação de *O Mulato*.

Com este livro, e também com a permanência d' *O Mulato*, entendemos o que significa continuidade e ruptura em uma sociedade, tomando como centro de atenções as reverberações dos costumes e da política no Brasil.

Assim, reconhecendo as tensões que perpassam não só a vida, mas também a literatura, o estudo aproxima Raimundo e o Brasil, detectando fluxos e conexões entre eles. Esta tarefa de assumir a perspectiva analítica das Ciências Sociais fica facilitada quando o sociólogo nos apresenta Azevedo como um autor múltiplo que vivencia intensamente as diversidades de seu tempo: percorreu o país do Maranhão ao Rio de Janeiro. Além de romancista, foi ensaísta, jornalista, poeta, ilustrador e pintor. Participou de brilhantes círculos de pensadores e polemistas de sua época. Vivenciou os movimentos da abolição, do republicanismo, do positivismo e do anticlericalismo. Foi um homem de muitos gritos e Rodrigo Estramanho de Almeida nos faz ouvi-los até hoje.

*Miguel Chaia*
São Paulo, fevereiro de 2012

# INTRODUÇÃO

Nos romances do escritor maranhense Aluísio Azevedo (1857-1913) estão retratadas muitas das cenas do cotidiano brasileiro de meados do segundo reinado e dos pródomos da república. Essa é a impressão com que ficamos à leitura de boa parte de seus livros, quase todos consubstanciados em enredos ambientados nas transformações que permearam as últimas décadas do século XIX no Brasil.

Autor de romances, tais como *O Mulato* (1881), *Casa de Pensão* (1883), *O Cortiço* (1890), *O Livro de uma Sogra* (1895), entre outros, Aluísio Azevedo também se fez conhecer por suas contribuições para diários e semanários maranhenses e cariocas. Como ilustrador, cronista, dramaturgo e escritor profissional se envolveu, com mais ou menos vigor, em diversos debates candentes nas artes, na política e na sociedade brasileiras de fins do Império.

Assim, abolição da escravatura, papel da igreja na política e na sociedade, contato do círculo intelectual brasileiro com ideias francesas, manifestos republicanos em oposição ao regime monárquico, ascensão do ideário positivista na vida intelectual e do realismo e naturalismo nas artes, bem como a crescente urbanização e o declínio da economia açucareira em detrimento da ascensão da monocultura agroexportadora cafeeira são só alguns dos fenômenos entrelaçados aos últimos vinte anos do império que Aluísio viu operar e que ressoam em sua produção artística e literária.

Citada com frequência pela crítica de seu tempo, a obra de Aluísio Azevedo foi tema corrente das apreciações de críticos como Silvio Romero (1851-1914) e Araripe Júnior (1848-1911),[1] alcançando a atenção da crítica contemporânea,

---

1 Os principais textos de Silvio Romero, inclusive os que tratam de Aluísio Azevedo e do naturalismo, foram organizados por Antonio Candido na coleção *Biblioteca Universitária de Literatura Brasileira* em volume intitulado *Silvio Romero – teoria, crítica e história literária*. Dentro da mesma coleção, foram organizados, por Alfredo Bosi, os principais textos de Araripe Júnior, também os que tratam de Aluísio Azevedo sob o título *Araripe Júnior – teoria, crítica e história literária*. Ambos os volumes foram publicados em 1978 pela Editora da Universidade de São Paulo.

principalmente nos escritos de Josué Montello,[2] Antonio Candido[3] e Jean-Yves Mérian.[4] No campo das biografias destacam-se *Aluísio Azevedo: uma vida de romance* (1958), de Raimundo de Menezes que, ainda que romantizada, traz boas pistas sobre a formação e a ambiência em que viveu o autor e *Aluísio Azevedo: um romancista do povo* (1954) de Paulo Dantas, concisa, mas com informações relevantes da cronologia de Aluísio.

Também no meio acadêmico mais estrito, a vida e a obra de Aluísio Azevedo têm recebido alguma atenção nos últimos anos em trabalhos como a tese *Os romances-folhetins de Aluísio Azevedo: aventuras periféricas* (2003), da crítica literária Ângela Fanine; e a dissertação *Nas linhas da literatura: um estudo sobre as representações*

---

2   Em 1975, o crítico literário maranhense Josué Montello publicou pela editora José Olympio um importante estudo sobre Aluísio Azevedo e o romance *O Mulato*. No estudo intitulado *Aluísio Azevedo e a polêmica de O Mulato* são analisadas as principais questões relativas ao impacto da publicação do referido romance na província do Maranhão, bem como são reunidos e reproduzidos textos e crônicas de Aluísio Azevedo contemporâneos à publicação e repercussão do romance. Esse estudo de Josué Montello será largamente utilizado como referência neste estudo.

3   São diversos os estudos, ensaios, artigos e prefácios de Antonio Candido sobre os romances de Aluísio Azevedo. Entre eles destacam-se "De Cortiço a Cortiço" publicado na Revista *Novos Estudos – CEBRAP* na edição de número 30 de 1991; e "Duas vezes: a passagem do dois ao três", publicado em 2002 pela editora 34 em livro intitulado *Textos de Intervenção*.

4   O crítico literário francês publicou em 1988 pela editora Espaço e Tempo um denso estudo sobre a vida e obra de Aluísio Azevedo, intitulado *Aluísio Azevedo: vida e obra (1857-1913)*: o verdadeiro Brasil do século XIX.

da escravidão no romance *O Mulato*, de Aluísio Azevedo (2008), da historiadora Leudjane Michelle Viegas Diniz.

Nesses estudos, é a interpretação da obra de Aluísio, ora mais voltada à especificidade da crítica literária, ora à das ciências sociais, com vistas a acessar novos pontos de encontro da produção literária com a realidade social, que anima análises dedicadas à compreensão das especificidades da produção aluisiana, bem como a constante tensão que a obra do autor revela frente ao quadro dos fenômenos artísticos, políticos e sociais ocorridos no Brasil de fins do império.

Por meio da leitura dessas diferentes produções sobre Aluísio Azevedo é possível perceber que a obra do autor tem a revelar mais do que simplesmente o cenário da época em que viveu. Mas isto, pressupomos, não é uma qualidade apenas dos romances de Azevedo. A produção literária, entendida como espaço simbólico da comunicação e, portanto, de ação humana, tem sua própria realidade, possui uma autonomia que, mesmo relativa, traz consigo, em seus enredos, tramas e personagens, possibilidades de compreensão da realidade inteligível que, fora do universo ficcional, não seriam possíveis. Assim, podemos considerar que "a reflexão literária é uma reflexão voltada para o setor do estar" e que "enfatizando o estar, a função criadora se projeta como um ato de liberdade." (PORTELLA, 1981, p. 35).

Daí, reconhecendo que literatura é forma de conhecimento, temos, então, um cadinho de novas veredas de interpretação que revigoram o exercício de compreensão da realidade (RICCIARDI, 1971, p. 61). Decorre que as pistas deixadas na realidade criada em um enredo, por meio da ação social de um sujeito em seu espaço e tempo, podem servir não só como ficção ou retrato de uma época, mas sim como motes para se pensar as múltiplas e infinitas possibilidades que as relações inter-humanas podem produzir. A isso se soma o fato de que "a capacidade humana de produzir enunciados com efeito de realidade ou efeitos de ficcionalidade é assunto de várias áreas de interesse." (BALDAN, 2006, p. 236). E que também, "não se trata de aceitar tranquilamente que existe uma dada 'realidade', a qual poderia ser descrita, compreendida, explicada ou imaginada", pois "cada leitor, ao traduzir o dito e a desdita, termina por taquigrafar, desenhar, colorir, sonorizar, movimentar e tensionar a situação, incidente, dilema, figura, tipo ou universo apresentado ou sugerido, intuído ou imaginado" (IANNI, 1999, p. 40).

Nesse sentido, frente à realidade da ficção, o pretérito desaparece e são abertos caminhos para a vivência de uma realidade ficcional, "já que o leitor, junto com o narrador fictício, 'presencia' os eventos." (ROSENFELD, 2007, p. 26). Uma realidade própria que permite aprofundar o processo de individualização interpretativa se forma e cabe, então, ao leitor, segundo as suas preocupações, vivenciar novas possibilidades de compreensão acerca da ação e da relação humanas.[5]

---

5   Sobre este aspecto e tecendo aproximações entre a literatura e a sociologia Octávio Ianni registra que "enquanto todo em movimento, o texto sempre expressa, traduz, sugere ou induz alguma forma de percepção, compreensão, entendimento, representação ou fabulação. Mesmo que esteja radicalmente dissociado de qualquer "contexto", necessariamente

Assim, "é precisamente a ficção que possibilita viver e contemplar tais possibilidades, graças ao modo de ser irreal de suas camadas profundas, graças aos quase-juízos que fingem referir-se a realidades sem realmente se referirem a seres reais" (ROSENFELD, 2007, p. 46). Ainda neste sentido podemos argumentar que:

> as figuras de um romance ou drama são personagens fictícios porque são constituídos como "eus" fictícios ou sujeitos. Entre todos os materiais das artes, porém, é somente a linguagem que pode produzir a ilusão da vida, isto é, criar personagens vivos, sensíveis, pensativos, que falam e também se calam (HAMBURGER, 1986, p. 42).

Partindo desses pressupostos, a seguinte indagação vem à tona em relação à produção de Aluísio Azevedo: qual a realidade própria do universo ficcional de um romance do autor e que possibilidades essa realidade da ficção nos oferece para a realização de um exercício sociológico?

---

expressa ou induz algo que resulta do processo de elaboração realizado pelo autor, da sua criação. Como é óbvio, a criatura nem sempre se comporta como pretende o criador. Esse é o momento em que o texto pode revelar algo ou muito de uma situação ou conjuntura. Há ocasiões nas quais o texto pode ser uma excepcional síntese das tensões e vibrações, inquietações e perspectivas, aflições e horizontes de indivíduos e coletividades, em dada situação, conjuntura ou emergência. Nesse sentido é que algumas obras de literatura, assim como de sociologia, podem ser e têm sido tomadas como sínteses de visões do mundo prevalecentes na época." (IANNI, 1999, p. 41).

Neste ponto, em parte para trazer à tona uma ideia geral da crítica e em parte para melhor situar nosso objeto e nosso problema, vale ressaltar uma rápida caracterização da obra de Aluísio Azevedo, feita por Antonio Candido no prefácio que escreveu em 1960 para uma das edições do romance *Filomena Borges* (1884):

> A noção de período, ou, melhor, de ritmo, é com efeito importante para compreendê-lo [Aluísio Azevedo], desvendando uma acentuada instabilidade criadora, regularmente manifestada na alternância de êxitos e malogros. *Uma Lágrima de Mulher* precede *O Mulato*; mas este primeiro e ainda pouco elevado altiplano é sucedido pela baixada d'*A Condessa Vésper*, e d'*A Girândola de Amores*, que logo se alteia ao primeiro grande livro, *A Casa de Pensão*. A próxima descaída é o presente, *Philomena Borges*, seguido de uma relativa subida *O Homem*, que vai mais alto n'*O Coruja*. A descida seguinte, com *O Esqueleto*, precede a vertiginosa ascensão d'*O Cortiço*, depois da qual se estende uma chata planície: *A Mortalha de Alzira* e *O Livro de uma Sogra* (CANDIDO, 1960, p. 2).

A classificação da obra de Aluísio Azevedo por Antonio Candido é a classificação seguida por boa parte dos críticos da obra do autor. Os críticos e estudiosos citados até aqui já adiantavam ou partiram em muito dessa proposição classificatória. Soma-se a isso o fato de que se pode facilmente, através das dezenas de análises críticas sobre a obra de Aluísio Azevedo, ligar os chamados "êxitos" do autor a sua produção classificada como naturalista e os "malogros" com a parte de sua produção classificada como romântica. Tais critérios de classificação acabam por cindir a produção do autor em uma obra de compromisso estético naturalista e engajado, dotado de autonomia criativa e voltado à crítica, e uma outra, de tipo romântico, que se alterna à primeira, categorizada como folhetinesca, dotada de pouca autonomia criativa, voltada ao público em geral e, portanto, a busca do ganho financeiro, ou melhor, dos meios de vida.[6]

6 Do ponto de vista teórico da Sociologia há boa explanação sobre o assunto em FACINA, Adriana. Artistas e Intelectuais. In: FACINA, Adriana. *Literatura e Sociedade*. Rio de Janeiro: Zahar, 2004, p. 26-42. E ainda boa proposição que explica e revisa a posição da crítica sobre Aluísio Azevedo, bem como as características artísticas e comerciais da obra do autor, faz Angela Fanini em sua tese de doutorado: "Percebemos que a obra de Aluísio Azevedo é dividida em dois conjuntos dicotômicos por parte da crítica canônica: um conjunto é considerado literário e esteticamente válido. Desse conjunto fazem parte *O Mulato*, por ser obra inaugural da narrativa real-naturalista, *Casa de Pensão* e *O Cortiço*. [...] Do conjunto desconsiderado fazem parte algumas obras que permanecem em uma espécie de limbo, como *O Homem*, *O Coruja* e *Livro de uma Sogra*, que são ora desqualificadas, ora qualificadas, enquanto o restante da produção literária que analisamos – *Condessa Vésper*, *Girândola de Amores*, *Filomena Borges*, *Mattos*, *Malta ou Matta?* e *A Mortalha de Alzira* – sofre um processo veemente de desvalorização. Os romances-folhetins escritos por Aluísio Azevedo foram e continuam sendo desconsiderados por parte da crítica acadêmica e canônica. José Veríssimo, um dos pilares da crítica oitocentista contemporânea à produção aluisiana, constitui um discurso inaugural e de autoridade, afirmando que essa produção é de *inspiração industrial*, elaborada para o mercado, com o propósito de obter os meios de subsistência material. Esse posicionamento é retomado e repetido de modo fechado e conclusivo por Lúcia Miguel Pereira, que enfatiza

De fato, Aluísio Azevedo foi um dos primeiros escritores brasileiros a viver de literatura, um dos primeiros escritores profissionais do Brasil. Enquanto escreveu, fez de seus livros seu "ganha pão" e não sem dificuldades trilhou uma carreira de letras interessada tanto na crítica de seu tempo, quanto na produção de romances-folhetins que, publicados, capítulo a capítulo, nos jornais cariocas, garantiam-lhe o mínimo à subsistência.[7] Mas, isso, ligado à "instabilidade criadora" logrou, também, instabilidade à manutenção da profissão de escritor, o que o levou a abandonar a vida literária em 1895 e ingressar na carreira diplomática, seguindo o destino de muitos artistas e intelectuais brasileiros que, principalmente

que essa produção visava *tão somente ao lucro*. Ainda nessa linha de crítica à dimensão comercial, industrial e mercadológica da obra de Aluísio Azevedo, encontramos Nelson Werneck Sodré, para quem os romances-folhetins foram elaborados *sobre a pressão da necessidade e do drama da subsistência*. E, finalmente, temos Alfredo Bosi, ainda nessa perspectiva, retomando literalmente as palavras de José Veríssimo, destacando que os romances-folhetins se orientam por "pura inspiração industrial". Desse modo, percebemos que o discurso primeiro, de autoridade do crítico oitocentista, vem sendo repetido e reacentuado ora de forma atenuada, ora de forma desrespeitosa, ora *ipsis litteris* (FANINI, 2003, p. 219).

[7] De um modo geral, Aluísio Azevedo escreveu suas obras de ficção inibido ou intimado pela crítica, embora tivesse logrado desde cedo o beneplácito de seus principais representantes. Preocupava-o demasiadamente a profunda e inconciliável divisão que notava entre os críticos de seu tempo e o público para quem devia escrever os seus romances. Com grande retardamento em suas preferências, esse público só procurava absorver as coisas de pronunciado sabor romântico, que a crítica geralmente condenava, preocupada com as novas teorias que deram vigoroso impulso à literatura experimental (GOMES, 1960, p. XX).

até o fim da primeira metade do século XX, encontraram na estabilidade da função pública a fuga da instabilidade de se viver como artista em terra de maioria analfabeta.[8]

Assim, porque é impossível separar totalmente o escrito de quem o escreveu,[9] a proposição de "instabilidade criadora" que Antonio Candido utiliza para caracterizar a obra de Aluísio nos é de grande valia, sobretudo para a escolha do período e da obra que serão, concomitantemente, objetos de nossa análise. Entre os "êxitos" e "malogros" ou as "planícies" e "altiplanos" decorrentes da instabilidade aparece, segundo Antonio Candido, *O Mulato*, de 1881, como o primeiro "êxito" do autor. Surpreende, mesmo que num "pouco elevado altiplano", o aparecimento de obra marcante ainda no início da carreira literária do autor. Isso significa que, se por um lado a obra da juventude de Aluísio já demonstrava traços de um hibridismo, ao mesmo tempo continha os elementos autorais que o levariam aos planaltos de sua obra, que alcançaram, mais tarde, a "vertiginosa ascensão" de *O Cortiço* (CANDIDO, 1960, p. 2).

---

8   Sobre este aspecto ver SEVCENKO, 2003.

9   Sobre essa característica indissociável, registra Adriana Facina que "[...] autores são considerados escritores, ou seja, um tipo específico de intelectual cujo trabalho envolve necessariamente a preocupação estética com a linguagem. Seja um defensor da 'arte pela arte', mais preocupado com a experimentação formal do que com a transformação da sociedade, seja um autor engajado, que vê na sua obra um instrumento para mudar o mundo, ambos veiculam ideias, valores e opiniões através de um tipo de escrita em que forma e conteúdo são indissociáveis." (FACINA, 2004, p. 9).

Para além da alternância que paira sobre a obra de Aluísio Azevedo, o que é mais comum, sobretudo nos manuais didáticos e prefácios a seus livros, é a opinião de comentadores que identificam a figura do autor, bem como os títulos de boa parte de seus romances, associados ao naturalismo, ou melhor, à introdução desse movimento estético no país.[10]

Teria sido Aluísio Azevedo, segundo boa parte da crítica, o responsável pela trasladação para o Brasil da escola francesa, capitaneada por Émile Zola, que tinha por definição a estratégia de transformar a atividade literária em uma atividade experimental com o objetivo principal de analisar a realidade segundo a observação do homem em seu meio e momento. Na proposta naturalista de Émile Zola, esmiuçada em seu livro *O romance experimental*, de 1870,[11] *grosso modo*, o escritor estaria a serviço da realidade e só levaria para seus escritos impressões coletadas em seu cotidiano e, portanto, legitimamente reais. Segundo a cartilha naturalista de Zola, o escritor, tal como o médico e o cientista, deve por à prova as impressões coletadas na realidade e só depois de submetê-las a uma "empiria literária", levá-las ao público em um romance de impressões e costumes. Desse modo, no plano estético naturalista:

> sem admitir que se faça propaganda política direta, espera [-se] que, pela eficácia da própria narrativa,

---

10  Sobre este aspecto há boa explanação em COUTINHO, Afrânio (Coord.). A ficção naturalista. In: COUTINHO, Afrânio. *A Literatura no Brasil*. Vol. 3. Rio de Janeiro: Editorial Sul Americana, 1969, p. 63-82.

11  Ver ZOLA, 1979.

sem nenhum discurso retórico, se colabore na implantação da justiça, da liberdade, sobre a terra. Os fatos falam por si. A arte aspira a construir uma república naturalista, onde a sociedade resida no povo. Objeta-se que há contradição entre este ideal de transformar o mundo e o homem com a crença no determinismo (TRINGALI, 1994, p. 130).

Essa escola, mediada no Brasil por intelectuais da geração de 1870, imbricada a outras gramáticas filosóficas, políticas e estéticas, tais como o determinismo, o positivismo, o republicanismo e o realismo, tomou corpo político e social combinando-se, na luta da jovem intelectualidade, à crítica direcionada à saturação tradicionalista do segundo reinado.

Assim, no Brasil, como previsto nos objetivos de Zola, o "naturalismo trouxe ao romance um vigoroso impulso de análise social" (CANDIDO, 2002, p. 114). Mas não podemos deixar de considerar que não se transplantou o movimento estético para o país sem que houvesse interferência. No entanto, e Aluísio por levar a alcunha de primeiro naturalista é um dos responsáveis por isso, houve profunda transformação na forma e no conteúdo do romance de observação. A mudança de conteúdo se explica facilmente, já que mudou o local que se observava, mas, não obstante, esse fator resultou em uma transformação ao tipo de naturalismo que se articulou à produção literária brasileira, pois "por força do clima aqui dominante" (SODRÉ, 1965, p. 173) eliminou-se do naturalismo ortodoxo as suas arestas, possibilitando a sua adaptação. E assim "ocorrera, em realidade, porque os nossos naturalistas, e Aluísio Azevedo principalmente, desobedeciam de forma espontânea a fórmula ortodoxa e externa, oferecendo obras de mérito." (SODRÉ, 1965, p. 173). Desse modo,

> nenhuma escola arregimentará esse espírito original, que desmente por si só as leis do determinismo taineano, de raça, meio e momento histórico. Quem não foi bem um romântico, não será bem realista. O naturalismo valerá apenas para a sua atividade mental como uma moldura mais larga do que a do romantismo (BELO, 1938, p. 256).

Certamente, Aluísio Azevedo foi realmente tributário das ideias naturalistas de Émile Zola, mas é claro, também, que sua produção, como constata Antonio Candido, não se manteve apenas nessa única linha estética, pois, muito pelo contrário, é possível encontrar o Azevedo naturalista em meio às narrativas declaradamente folhetinescas, bem como se deparar com escapadelas românticas em meio a enredos naturalistas.

Assim, se por um lado há uma "instabilidade criadora" que perpassa a obra de Aluísio Azevedo, por outro há uma estabilidade da instabilidade "romantismo x naturalismo", que permite uma orientação para a escolha do romance que será objeto de nossa análise.

Depois da publicação, em 1879, de seu primeiro livro intitulado *Uma Lágrima de Mulher* – este claramente gerido sob um cunho romântico – Aluísio publicou em 1881 o seu segundo livro intitulado *O Mulato*. Com esse romance é que, segundo insistente afirmação de quase toda a crítica e "à parte o problema de precedência formal" (SODRÉ, 1965, p. 162) o naturalismo ganhou ares brasileiros. E disso decorreu o papel de destaque da narrativa e, conseguintemente de seu autor, nos anais da literatura brasileira.

Após a publicação de *O Mulato*, enfileiraram-se outros quatro romances naturalistas, os "êxitos" de Aluísio segundo Antônio Candido: *Casa de Pensão* de 1884; *O Homem* publicado em 1887; *O Coruja* de 1889 e *O Cortiço* de 1890 – este último, certamente, o de maior destaque em sua produção.

*O Cortiço*[12] foi nosso objeto de análise em estudo produzido entre 2004 e 2006 para obtenção do título de bacharel em Sociologia e Política na Escola de Sociologia e Política de São Paulo. Em *A obra do tempo e o tempo da obra: sociologia de um romance e pensamento social brasileiro em O Cortiço de Aluísio Azevedo* (2006)[13] analisamos o enredo de *O Cortiço*, comparando a narrativa ao contexto das transformações sociais ocorridas na cidade do Rio de Janeiro nas últimas décadas do século XIX e à ascensão da república. Se lá nos interessou a "vertiginosa ascensão" que representa *O Cortiço*, em relação ao conjunto da obra de Aluísio, agora, nesta nova empreitada, nos interessa o início da trilha naturalista e engajada de Aluísio Azevedo. Nos interessa, portanto, o "pouco elevado altiplano" de *O Mulato* (CANDIDO, 1960).

12  Ver AZEVEDO, 1959b.
13  Ver ALMEIDA, 2006.

Em texto escrito por Araripe Júnior, em 1888, sete anos após a publicação de *O Mulato*, há uma afirmação que contribui para a definição de nossa escolha e retoma também, em outros termos, o caráter híbrido do conjunto de sua obra, bem como a sucessivo desenvolvimento da obra do autor a partir de *O Mulato*:

> N'O Mulato existe, em germe, o Aluísio Azevedo que depois se manifestou em Casa de Pensão, na Filomena Borges, n'O Coruja, n'O Homem; e as qualidades que ali esplendem são as mesmas que lhe têm criado tropeços na execução de alguns livros, não contidas na fórmula de sua índole; são as mesmas que já anunciaram, em dois de seus romances, um observador de raça, e que farão d'O cortiço, segundo todas as probabilidades, um romance nacional, na verdadeira acepção da palavra (ARARIPE JÚNIOR, 1978, p. 119).

Escrito no início da década de oitenta do século XIX, *O Mulato* retrata com vigor cenas do cotidiano da província do Maranhão que à época carregava a alcunha de "Atenas brasileira", em referência ao aparente cosmopolitismo que permeava a vida cultural da localidade. A ressonância naturalista de Aluísio Azevedo carrega a narrativa de vigoroso realismo e as cenas e personagens transferidos da realidade animam uma realidade do romance que se opõe frontalmente à visão da realidade coeva a respeito da do espírito do tempo maranhense.

Diferentemente da suposta, mas alardeada, atmosfera iluminista que à época alcunhava a cidade de São Luiz de "Atenas brasileira", na realidade da ficção de *O Mulato* aparece uma província naufragada em tradicionalismos, processada nas sentenças desiguais da sociedade senhorial e profundamente condicionada pela elite clerical e comercial. Seus personagens, nada atenienses, são sucumbidos à lógica do sistema que se processa no lençol freático das diferenças de classe e cor existindo como peças de uma realidade inexorável frente à qual pouco ou nada podem.

Mas as especificidades de *O Mulato* estão também em sua forma, pois seria um enredo concebido sob o ponto de vista da estética naturalista, mas com muitos indícios de concepção estética romântica de literatura e assim "*O Mulato* deixa uma impressão ambígua de escolas diferentes" (ARARIPE JÚNIOR, 1978, p. 132). *O Mulato*, então, pode ser compreendido, do ponto de vista estético, como o livro instável da também instável obra de Aluísio Azevedo e curiosamente, ao mesmo tempo, como o livro tido como o primeiro sopro bem acabado de naturalismo no Brasil, pois até o ano de 1888 era, segundo Araripe Júnior, a obra "que mais cabalmente afirma a sua visão naturalista e descritiva. Todos os talentos denunciados n'*O Mulato* aí aparecem no estado adulto, senão em quase completa maturidade" (ARARIPE JÚNIOR, 1978, p. 137-38).[14]

---

14  Alguns críticos vão veementemente contra a ideia desse caráter inaugurador do naturalismo no Brasil a partir do segundo livro de Aluísio Azevedo. É o caso de Nelson Werneck Sodré, que chega a afirmar que "*O Mulato*, realmente, é muito menos naturalista do que se supõe em geral" (SODRÉ, 1965, p. 177) e que "é interessante que, depois do lançamento de *O Mulato* e do sucesso relativo que o acompanhou, tivesse ocorrido uma pausa no desenvolvimento do naturalismo brasileiro. Esse é mais um indício da precariedade daquele livro como marco

Ainda, se considerados os aspectos formais do naturalismo em *O Mulato* veremos que estes "assumem proporções um pouco paradoxais", pois mesmo "aceito como inaugurador da nova escola, pelo consenso do público, carece de caracterização naturalista, sendo um híbrido de romantismo e naturalismo" (SODRÉ, 1965, p. 176).

Assim é que *O Mulato* – o segundo livro de Aluísio Azevedo, que aqui então tomaremos como ainda remanescente da inspiração romântica, mas, ao mesmo tempo, um dos primeiros romances brasileiros de claro embasamento naturalista – se apresenta como o objeto de nossa análise.

Em nosso estudo, tomaremos então, a ficção de Aluísio Azevedo como uma realidade em si. Uma realidade que tentaremos entender, descortinando a estrutura ficcional de *O Mulato*, buscando os componentes que sua literatura criou em si mesma e para si mesma. Todavia, consideraremos, sobretudo, os aspectos políticos e sociais da obra. Portanto, em nossa proposta, a literatura é tomada como expressão

---

da nova escola." (SODRÉ, 1965, p. 180). Para o autor, tal como parece afirmar Antonio Candido, o naturalismo brasileiro atinge o apogeu somente em 1890, com o lançamento de *O Cortiço*, também de Aluísio Azevedo (SODRÉ, 1965, p. 187). Ainda sobre esse aspecto, alguns críticos não deixam de considerar, por outro lado, que mesmo afastado, em forma, do naturalismo a "Aluísio Azevedo cabe a glória de nosso primeiro 'naturalista' autêntico, discípulo confesso de Zola. Seus romances exagerados nos conceitos e descuidados na forma, não resistiram ao tempo. Entretanto, seria injusto negar a Aluísio Azevedo notáveis qualidades de romancista: a riqueza do colorido, a realidade flagrante de alguns de seus modelos, como mandavam as regras de Medan, na miséria e na tristeza das últimas classes sociais." (BELO, 1938, p. 257).

artística de uma individualidade que se torna, assim, uma forma de conhecimento. É nesse sentido, portanto, que buscaremos conhecer alguns sentidos sociopolíticos de *O Mulato* de Aluísio Azevedo.

Desse modo, nossa hipótese é a de que é possível desvelar alguns dos sentidos sociopolíticos de *O Mulato* de Aluísio Azevedo para então reconstruir parte da ambiência intelectual de seu tempo, articulando uma análise interna da obra à visão de mundo do autor.

Nesse sentido, vamos à direção de que, tal como afirma Roberto Schwarz a partir da análise de *Memórias póstumas de Brás Cubas* – romance de Machado de Assis publicado em 1881, mesmo ano de publicação de *O Mulato* – "o escritor imbuído de seu tempo e país ainda quando trate de assuntos longínquos é uma figura programática" (SCHWARZ, 2000, p. 10) e, em busca disso, não nos prenderemos somente à forma. Nossa tentativa será a de aprofundar a análise por meio de uma leitura de imersão que distante, em um primeiro momento, da realidade e da forma, poderá revelar o dispositivo literário de Aluísio Azevedo que, em nossa proposição, aparece embebido dos dramas reais da sociedade brasileira oitocentista. Nesse sentido, buscar os núcleos sociais e políticos de *O Mulato* é buscar a realidade da ficção do romance, pois acreditamos que "na complexidade composicional da literatura, a política pode comparecer de muitas e diferentes formas. Uma possível forma de abordagem dessa relação reside no questionamento da ficcionalidade" (BALDAN, 2006, p. 236).

Destarte, da ótica metodológica, deveremos retirar das aberturas dos textos as alegorias onde as realidades do enredo e do Brasil de oitocentos se fundem, tornando-se apenas uma. Em busca disso, para empreender uma análise interna de *O Mulato*, para entender a obra em si, bem como sua estrutura, para depois emergi-la à ambiência do período, perseguindo uma caracterização do pensamento político e da profundidade da crítica social de Aluísio Azevedo, faremos uso de sendas literárias que em nossa proposição metodológica caracterizarão um curso narrativo esparso que, no tecer do enredo, acabarão por reforçar certas impressões do escritor, permitindo a caracterização dos dispositivos narrativos que possibilitam a compreensão do drama real inventado de Aluísio Azevedo. Nesse sentido aceitamos que

> as ideias da vida real, que podem ter estimulado o escritor a compor o seu romance, devem permanecer invioláveis, o romancista não tem direito de adulterá-las em seu próprio domínio e tampouco tem, geralmente, as qualificações para fazê-lo. Porém, uma vez que essas ideias são postas em ação dentro do romance, não podem mais permanecer meras massas de abstração. Em sua melhor forma, o romance político gera um calor tão intenso que as ideias das quais se apropria são dissolvidas em seu movimento, fundindo-se com as emoções de suas personagens (HOWE, 1998, p. 7-8).

Contudo, propomos que as sendas, em geral, não serão decisivas para o fluxo narrativo como um todo e, portanto, poderão ser analisadas segundo critérios seletivos. Ao mesmo tempo, no entanto, elas não poderão ser compreendidas fora do contexto integral da obra.

Desse modo, em nossa proposição, as sendas permitirão a busca de uma tipificação da obra literária orientada por enquadramentos definidos a partir da leitura interna dos elementos da narrativa. Não obstante, as sendas só ganharão espectro analítico e explicativo se, ao longo da tentativa de suas elaborações, for possível encontrar uma concentração tal de passagens da narrativa que evidenciem com clareza a aparição intermitente do assunto selecionado para análise. Não se confunda concentração com quantidade de passagens. Trata-se mais, no caso, de intensidade.

No entanto, para que as sendas ganhem expressão e sentido frente ao objetivo de nossa proposta, elas serão qualificadas segundo uma temática geral que perseguimos na obra. No caso, perseguiremos intermitências e inquietações políticas e sociais que *O Mulato* possa conter e, assim, buscaremos construir as sendas sociopolíticas do romance. Tais sendas serão estruturadas a partir da relação entre a interpretação interna do texto e a compreensão dos aspectos sociais e políticos da época. Desse modo elas serão construídas na relação entre literatura e história.

As sendas serão, portanto, linhas de análise, fendas de mergulho, idas a regiões abissais da narrativa, possibilitadas pelas aberturas sociopolíticas do texto. Elas serão, enfim, as categorias que permitirão a realização de um exercício sociológico sobre a narrativa de *O Mulato*.

Com isso, queremos dizer que a composição das sendas deverá partir da própria narrativa, isto é, da leitura interna da obra no fluxo do enredo. Somente após essa leitura interna que orientará a seleção das passagens que confirmem a presença das sendas é que ampliaremos o foco de compreensão para os fatores externos, perseguindo, assim, os fatores da realidade política e social e intelectual do autor que tiveram ressonância na articulação da linguagem. Assim, "partimos do pressuposto de que a ficcionalidade é um efeito de sentido que põe em jogo mecanismos discursivos específicos [...]." (BALDAN, 2006, p. 237).

Nessa direção, em um segundo momento, para tecer e aprofundar a interpretação das sendas buscaremos fontes secundárias como trechos de cartas, poemas, crônicas e ilustrações produzidas pelo autor. Assim, a ideia é obter o sentido crítico de Aluísio Azevedo, pressupondo que um tipo de discurso em contato com outros possibilita alguma compreensão da crítica política do autor.

A construção da senda literária será, assim, uma tentativa de forjar uma tipologia do texto, a partir do próprio texto em um tecer e destecer. A trama deverá partir do interior do texto para só depois ser explicada segundo a realidade externa da obra. Desse modo, reuniremos a autonomia relativa da obra literária com as ressonâncias da realidade perceptíveis na obra. De antemão, por se tratar nossa proposta de um exercício sociológico, ganham relevo as temáticas política e social.

Assim, por meio das sendas, procuraremos encontrar dois fluxos da narrativa: um o da própria história onde estão as personagens, traçando ações que demarcam o espaço dos conflitos e acordos que vão encaminhar o enredo do livro, a história propriamente dita; e o outro, um fluxo descontínuo, encaixado ao longo da narrativa, que tem sempre pretensões críticas consubstanciadas em diálogos fugazes que revelam os preconceitos, os conservadorismos e os tabus da sociedade brasileira. Este último surge sempre carregado de uma atitude político--literária que cisma em ironizar as convenções do tempo e das personagens – irreais no fluxo da narrativa e pretensamente reais no fluxo da realidade. Nesse sentido, diálogos que a princípio não parecem centrais para a trama podem, então, revelar o conteúdo político expresso por Aluísio segundo o momento em que é dito e por qual personagem. Ou seja, a partir desse nosso ponto de vista, poderemos responder às seguintes perguntas: quem diz? como diz? por que diz?, para então observar que importância têm tais falas para a trama, já que acreditamos que o autor decanta na narrativa o seu pensamento sobre a política e a sociedade.

A ficção toma então o espaço da realidade e por ser ficção é que pode exagerar as relações, os hábitos, as idiossincrasias e elevá-las à potência da complexidade narrativa. Uma vez a ficção rabiscada, ela pode então ser lida e, dentro de relativa autonomia, pode levar a refletir sobre a realidade em si, em uma dialética do real com o real inventado, isto é, da realidade em si com a realidade reconstruída.

Isso quer dizer que não se pode perder de vista o fato de que se trata de algo inventando, de que a ficção não é realidade. Mas se deve ao mesmo tempo considerar que nenhuma ficção está deveras distante das possibilidades pensadas por alguém real que faz, no caso, do ofício de escritor a ação social, e que pretende, através do inventado, nutrir possibilidades de estabelecer pontos de vista sobre a realidade. A ficção se presta, então, a romper o nível das possibilidades reais, exagerando-as e, ao mesmo tempo, fazendo-as existir na ideia de quem as lê e, assim a realidade real nunca mais poderá ser enxergada sem a lente crítica adquirida na leitura.

Desse modo, é por meio da realidade da ficção que queremos delimitar o âmbito das aproximações entre arte e política em *O Mulato*. Para tal, além do recurso metodológico das sendas literárias, utilizaremos a "situação da arte crítica" que ocorre quando:

> uma relação básica entre arte e política se estabelece a partir de uma aguçada consciência crítica do artista, propiciando a um indivíduo ou a um pequeno grupo criar obras baseadas na sensibilidade social, no gozo da liberdade e nos esforços e pesquisas para o avanço ou a revolução da linguagem. Estão unidos, neste caso, aspectos formais e questões sociais. Nesta situação a arte aparece como forma de conhecimento e investigação, constituindo uma modalidade de saber, apta a compreender o mundo e sintetizar a realidade (CHAIA, 2007, p. 22).

A arte crítica de Aluísio Azevedo será entendida, então, em *O Mulato*, bem como nas fontes acessórias alhures citadas, como a situação a partir da qual poderemos pensar as relações entre arte, política e sociedade, buscando compreender a síntese da realidade do autor, recuperando sua sensibilidade social.

A isso se somará um estudo das ambiguidades presentes na narrativa: a relação dialética entre o real e o real inventado; as características estéticas românticas de uma narrativa naturalista; a ambiguidade dos personagens modernos, mas tradicionais; das concepções progressistas, mas atrasadas; dos centralismos provincianos; do engajamento e do mercado.

Ademais, para além das sendas sociopolíticas de *O Mulato* e em direção da caracterização do ímpeto crítico de sua arte, não podemos nos furtar ao fato de que Aluísio Azevedo, além de romancista, atuou como ilustrador e dramaturgo e contribuiu com desenhos e textos para diversos jornais maranhenses e cariocas deixando subscrever, em diversos momentos, sua posição política e sua crítica acerca da realidade brasileira de fins do século XIX. Será, portanto, também, foco de nossa atenção a relação de Aluísio com os temas e intelectuais de seu tempo, mormente do período que antecede a preparação e publicação de *O Mulato*.

Com esse intuito, na tentativa de desvendar a realidade da ficção de *O Mulato* de Aluísio Azevedo, é que no primeiro capítulo, intitulado "Condições e possibilidades de *O Mulato*", anunciaremos aspectos e questões candentes à véspera da concepção e publicação do romance, mormente os temas que o vinculam à situação de arte crítica, tais como as suas aspirações como artista e as temáticas de seus romances, o que nos levará a aspectos de sua formação, bem como à pequena apreciação sobre a projeção da obra e do autor no período. Assim, de certo modo, a posição do artista, a configuração da obra, bem como o público serão o foco desta parte (CANDIDO, 2000).

No segundo capítulo, intitulado "Em busca das sendas políticas e sociais de *O Mulato*", utilizando o recurso metodológico das sendas, passaremos à análise interna do romance, buscando suas redes de sentido e sua realidade própria, a realidade da ficção. Por meio do tecer e destecer das sendas a ideia é formular, como dissemos, algumas tipologias que levem à compreensão e ao conhecimento das ambiguidades do texto, buscando, assim, desvelar as redes de sentido e as estratégias da linguagem para a configuração da realidade própria do texto.

No terceiro capítulo, "Aluísio Azevedo e o pensamento brasileiro", teremos como objetivo, nos dois primeiros tópicos intitulados "Desenho, imprensa, poesia e positivismo" e "O círculo intelectual e o anticlericalismo", analisar a atuação artística do autor no Rio de Janeiro e no Maranhão antes da publicação de *O Mulato*. O intuito é aprofundar a compreensão de como os roteiros do autor e as ideias do tempo tiveram inflexão em sua produção literária. Nesta parte também aprofundaremos questões relacionadas à véspera da publicação de *O Mulato*, buscando aprofundar os aspectos anunciados no primeiro capítulo. Nestes tópicos, será largo o uso de excertos de textos jornalísticos bem como ilustrações produzidas por Aluísio Azevedo que, submetidas à análise, aproximarão o autor dos "ismos" de seu tempo, tais como o naturalismo, o positivismo, o anticlericalismo e o republicanismo.

Na terceira e última parte do terceiro capítulo, intitulada "Depois de *O Mulato*", o objetivo é analisar de forma sintética os rumos do pensamento e da produção do autor após a publicação de *O Mulato* em 1881.

Nas considerações finais, "*O Mulato* como realidade reconstruída", o enredo do romance será, em perspectiva compreensiva, relacionado às questões sociais e políticas brasileiras de idos da segunda metade do século XIX. Nesta parte final haverá a tentativa de aprofundar as noções da realidade da ficção em relação à realidade brasileira. O objetivo é alcançar uma interpretação mais genérica do romance em relação à estrutura social do período, sobretudo, no que diz respeito à questão racial e à desigualdade social.

Visamos, nesse sentido, perseguir a integridade da obra por meio de uma análise que prioriza o estudo de suas características internas, sem deixar de considerar os fatores exógenos, bem como as situações que possam caracterizar o seu aspecto social e político (CHAIA, 2007, p. 13-39). Não queremos, portanto, separar a "repercussão da obra da sua feitura, pois, sociologicamente ao menos, ela só está acabada no momento em que repercute e atua, porque, sociologicamente, a arte é um sistema simbólico de comunicação inter-humana, e como tal interessa ao sociólogo" (CANDIDO, 2000, p. 21).

Assim, procurando desvendar as sendas políticas e sociais e as ambiguidades de uma obra de Aluísio Azevedo, buscaremos uma reflexão acerca da realidade da ficção com vistas a formular interpretações alegoricamente literárias sobre alguns dilemas políticos e sociais do Brasil em fins do século XIX.

capítulo 1

# CONDIÇÕES E POSSIBILIDADES DE *O MULATO*

No sábado, dia 9 de abril de 1881, a tipografia do jornal *O País*, da província de São Luís do Maranhão, publicou a primeira edição de mil exemplares do romance de duzentas e quarenta e oito páginas intitulado *O Mulato*, do jovem escritor Aluísio Azevedo.[1] Era "uma produção medíocre em papel imprensa" (HALLEWELL, 1985, p. 109 *apud* DINIZ, 2008, p. 100) vendida por 3.000 réis cada. Três anos antes, o mesmo escritor havia estreado nas letras com um romance intitulado *Uma Lágrima de Mulher*.

Não fosse o mesmo nome que assinava ambos os livros, nenhum leitor acreditaria, como até hoje, mesmo para a crítica é difícil acreditar, que os dois romances foram escritos pela mesma pessoa. Assim, as duas primeiras obras de

---

1 Sobre o lançamento de *O Mulato* escreveu Fernando Góes que a edição se esgotou com rapidez, provocando grande impacto pela semelhança que os personagens e localidades do romance tinham com pessoas e locais reais de São Luís do Maranhão em 1881 (GÓES, 1959).

Aluísio Azevedo são completamente diferentes em conteúdo e quase completamente em forma e estética.

Na época, se havia feito algum leitor com *Uma Lágrima de Mulher*, Aluísio, logo o desapontou com *O Mulato*. E se *O Mulato* fez algum leitor, este fatalmente, também, se desapontou ao ir buscar a obra anterior do autor. Assim, "em 1880, ao publicar *Uma Lágrima de Mulher*, seu primeiro romance, Aluísio não deixa pressentir o romancista que irá surgir pouco depois, com uma obra definitiva que o consagrará como o grande escritor de feição naturalista: *O Mulato*" (COUTINHO, 1969, p. 69). *Uma Lágrima de Mulher* tem a cidade italiana de Lipari como espaço. *O Mulato* tem São Luís do Maranhão. O primeiro trata do amor de um jovem italiano branco por uma donzela branca que faz pouco de seu amor. O segundo trata da relação de uma moça branca brasileira com um mulato, filho de português com escrava. *Um Lágrima de Mulher* é conciso e de narrativa fácil, apetecível à leitora do folhetim. *O Mulato* é denso, crítico e provocador. O primeiro não faz sequer uma referência ao Brasil. O segundo não faz nenhuma referência fora do contexto brasileiro. O escritor de *Uma Lágrima de Mulher* tinha 21 anos o de *O Mulato* 24. Coincidências? Há nos dois uma história de paixão. No primeiro, ela é o fio condutor, é o centro da narrativa. No segundo, ela é a ativadora das tensões entre outros fios de importante condução.

Aluísio Tancredo Gonçalves de Azevedo nasceu em 14 de abril de 1857 na ilha de São Luís do Maranhão. Era filho natural de Emília Amália Pinto de Magalhães com o vice-cônsul português David Gonçalves de Azevedo. Passados os primeiros anos da infância, a partir de 1864, Aluísio começou a trilhar sua formação como estudante em escolas de sua província. Não era um jovem de família nobre e abastada, mas, de certo, tinha bem mais que as mínimas condições materiais para a vida. Não era, portanto, filho da elite, mas também não era pobre.

A vida profissional de Aluísio Azevedo teve início em 1870 quando se tornou, ainda em tenra idade, por indicação de seu pai a um amigo comerciante, caixeiro em um armazém na Praia Grande em São Luís do Maranhão. Não durou um ano e Aluísio, atraído pelo desenho que era seu passatempo de infância, deixou o emprego para se matricular no Liceu Maranhense, à época dirigido pelo professor Francisco Sotero dos Reis. No ano seguinte, em 1871, o aluno começou a ter aulas de pintura com o artista italiano Domingos Tribuzzi.

Até o ano de 1876, Aluísio Azevedo se dedicou aos estudos de desenho e pintura e à leitura de obras de teatro, poesia e ficção organizadas na selecionada biblioteca da família. Consta que o pai era dedicado à leitura e a escrita e que a mãe era "muito lida, havendo mesmo quem dissesse haver esgotado todos os tomos do Gabinete Português de Leitura, representado por alguns milheiros de obras" (MENEZES, 1958, p. 54) e que tais hábitos constituíam, para os pais, parte importante dos preceitos de criação dos filhos.

Ainda adolescente, Aluísio Azevedo realizou diversos estudos pintando telas e buscando desenvolver as técnicas aprendidas no Liceu Maranhense. Queria Aluísio, por volta de 1873, pintar o seu "grande quadro" e "procura[va] então na história do mundo um episódio que lhe Forne[cesse] assunto dos mais empolgantes e encontr[ou] na revolução francesa o tema de que necessita[va]" (MENEZES, 1958, p. 62).

O quadro que Aluísio batizou de *Depois da Barricada* era um retrato aterrador de dezenas de mortos, vítimas da revolução que apareciam empilhados com ventres estripados em meio ao sangue que tingia todo o quadro. Fica evidente sua atração pelos acontecimentos políticos.

Em 1876, Aluísio Azevedo partiu para a corte no Rio de Janeiro com a intenção de estudar desenho e pintura na Imperial Academia de Belas-Artes. Não estudou. Viveu de ilustrações para jornais e voltou, três anos depois, por causa da morte de seu pai, a São Luís do Maranhão. Na província publicou seus dois primeiros livros. No ano de publicação do segundo viajou novamente para a corte e não mais regressou à terra natal.

Há, portanto, mais uma coincidência: os livros, *Uma Lágrima de Mulher* e *O Mulato*, foram os dois únicos do escritor concebidos em São Luís do Maranhão. O primeiro abriu caminhos na imprensa e colocou o escritor em contato com a intelectualidade da província. O segundo motivou o autor a regressar para a corte e nunca mais voltar. Isso porque depois da publicação de *O Mulato* predominou em Aluísio Azevedo "um ressentimento contra o meio provincial que se traduziu em reações de amor-próprio melindrado contra a sociedade de sua terra, que o não tolerava" (GOMES, 1960, p. XI).

Figura 1 – Aluísio Azevedo em 1881

Fonte: MÉRIAN, 1988, p. 181

Certamente os leitores eram poucos. País de analfabetismo endêmico, o Brasil concentrava pequenos círculos intelectuais, embora, dada as proporções, tivesse diversos órgãos de imprensa. Então se poderia dizer que Aluísio partiu para onde havia mais leitores para bem continuar a vida de escritor? A resposta pode ser afirmativa, posto que realmente ele se estabeleceu como escritor em condições médias no Rio de Janeiro. Mas é provável que *O Mulato* tenha dose de culpa na escolha da segunda partida para a capital do Império, pois o livro não só surpreendeu como provocou leitores acostumados aos romances típicos, tal como o da história passada em Lipari.

O fato é que o jovem escritor preparou o terreno para o lançamento de *O Mulato* e "utilizou métodos que eram novos em São Luís do Maranhão e pouco frequentes até mesmo no Rio de Janeiro", pois "recorreu sistematicamente à imprensa e, sobretudo, inovou através da introdução do uso de cartazes e panfletos" (MÉRIAN, 1988, p. 258).

Anúncios publicitários que misturavam os fatos reais do cotidiano com os fatos fictícios de *O Mulato* foram publicados em *O Pensador* desde janeiro de 1881 até o mês de publicação do romance. Isso contribuiu para ancorar os lugares reais na narrativa do romance (REUTER, 2004, p. 59) e assim, produziu Aluísio, no pequeno órgão de imprensa, uma verdadeira campanha publicitária.

Em 10 de março de 1881, Azevedo publicou em *O Pensador* chamada que aludia a Raimundo, o principal personagem de *O Mulato*, e agregava a este, tom de provocação e mistério: "Acha-se entre nós o Dr. Raimundo José da Silva, distinto advogado que partilha de nossas ideias e propõe-se a bater os abusos da igreja. Consta-nos que há certo mistério na vinda deste cavalheiro" (AZEVEDO *apud* MÉRIAN, 1988, p. 258).

Além dos muitos anúncios e avisos reais ficcionais nos semanários foi grande a distribuição de panfletos e a colagem de cartazes que anunciavam o novo romance. Os anúncios vinham sempre acompanhados de provocações ao clero e enunciados de suspense com caricaturas de membros reais da elite clerical maranhense. Aluísio Azevedo criou, assim, para a publicação de *O Mulato*, o tom de suspense e de provocação que pouco mais tarde voltou a atenção do público a seu segundo romance tão diferente do primeiro. O momento de lançamento do livro em São Luís do Maranhão era tenso. O debate travado entre o clero e a jovem intelectualidade da província tomava rumos judiciais e "Aluísio colaborou de forma intensa nos jornais locais, tendo uma atividade de protestos contra as atitudes da igreja" (FONSÊCA, 2008, p. 7). Posteriormente, neste estudo, trataremos da ocasião. Por ora, basta registrar, que "os métodos publicitários empregados provam que o romancista explorou sem reservas e com muito sentido de oportunidade o conflito entre clericais e anticlericais para o lançamento de *O Mulato*" (MÉRIAN, 1988, p. 261). Em passagem autobiográfica Aluísio registrou:

> Eu nesse tempo, com pouco mais de vinte anos, supunham-me um trabalhador predestinado a regenerar o mundo a golpes desapiedados contra as velhas instituições; tinha o meu jornal republicano e acatólico e duelava-me, dia a dia, ferozmente, com os redatores de um órgão ultramontano e com os velhos jornalistas conservadores (AZEVEDO, 1961, p. 192).

O fato é que o sucesso foi imediato. O Diário do Maranhão chegou a registrar a "afluência de 800 pessoas" à redação de *O Pensador* (MÉRIAN, 1988, p. 261) no dia anterior ao lançamento do livro e em pouco tempo registraram-se ressonâncias críticas dos principais círculos intelectuais do Brasil sobre o romance.[2] Para o mal e para o bem do autor da narrativa aparecia algo novo em literatura. Ainda com muito do fluxo romântico de Lipari, mas com muito de novo e arrojado em tema e narrativa, apareceu um romance para chocar. O enredo de *O Mulato*, diferentemente de *Uma Lágrima de Mulher* "deixa transparecer os caracteres filosófico, intelectual e analítico da arte" e agora a narrativa "deve ser remetida à pessoa do artista, exercendo um papel que o aproxima do estudioso social e, não rara vezes, do cidadão combativo" (CHAIA, 2007, p. 23).

Assim é que *O Mulato* pode ser incluído naquela situação em que:

> [...] nascem obras de reflexão que carregam o desejo de intervir na sociedade – sendo que estas obras, nas formas tradicionais, conceituais ou tornadas ação, deixam transparecer ideias articuladas e concepções de mundo dissonantes com a ordem estabelecida. Assim, esse tipo de arte traz em si o potencial da radicalidade, por oferecer as condições para a emergência da transgressão e da resistência [...] (CHAIA, 2007, p. 23).

---

2  O jornal *O País* fez o livro nascer em sua tipografia, mas a redação de *O Pensador* encarregou-se da comercialização dos exemplares.

Nesse sentido, pode-se pensar que foi na descoberta da realidade, no momento de encontro das desventuras da juventude com a realidade provinciana, tradicional e escravista de São Luís do Maranhão, em meio a um embate político entre os clericais e anticlericais, que nasceu a ideia e foi concebido *O Mulato*. Explica-se, assim, virada tão brusca no repertório literário do autor. Foi o encontro com a política e com a possibilidade de o real e o ficcional se fundirem que se gestaram as condições e as possibilidades de *O Mulato*.

As condições são reais e desiguais porque são brasileiras, escritas por um brasileiro pouco abastado que não pode cumprir a sua trajetória como o desejado – como vimos não era plano de Azevedo ser escritor. As possibilidades são as criadas pela realidade da ficção, pelas linhas ambíguas de um romance ambíguo e híbrido entre o romântico e o realista, porque no amor entre um mulato e uma branca há muita política. Além disso, é ambivalente e infinito como são as ficções que tem por base a realidade.

É assim que *O Mulato* se enquadra na situação de arte crítica em que:

> [...] se estabelece uma tênue relação entre arte e política, de difícil equacionamento, uma vez que o artista independente deve resguardar a sua obra da pressão da política que tende a ser exercida de forma contínua ou programada. Neste delicado equilíbrio, a posição política assumida pelo artista não subjuga a obra que mantém suas qualidades estéticas, conseguindo sensível e

poeticamente transmitir a arguta percepção que o seu autor tem da realidade (CHAIA, 2007, p. 23).

Mas o que dizer dos temas de *O Mulato*? Como especular um pouco mais acerca desse caráter de arte crítica do romance? Avançamos cinco romances do autor após *O Mulato* para tecer um argumento.

No sétimo livro de Aluísio Azevedo, *O Homem*, publicado em 1887, há um aviso aos leitores: "Quem não amar a verdade na arte e não tiver a respeito do Naturalismo ideias bem claras e seguras, fará, deixando de ler este livro, um grande obséquio a quem o escreveu" (AZEVEDO, 1959a, p. 15). Essa frase que atina o leitor desavisado que o entendimento do conteúdo do livro depende de um conhecimento prévio de certos temas é posterior à publicação de *O Mulato*, no entanto é bem provável que advenha da publicação deste último a debochada preocupação de Aluísio Azevedo com o leitor de *O Homem*.

Destarte, a publicação de *O Mulato* em 1881 causou alvoroço. E um alvoroço que não foi só literário. À época, o romance ganhou atenção em parte pelo ineditismo do tema e em parte porque era fruto direto do embate político entre a jovem intelectualidade maranhense e o clero da província. Como dissemos, trataremos, adiante, com mais profundidade, desse contexto. Agora, a guisa de principiar a investigação voltaremos nossa preocupação às possibilidades de *O Mulato* procurando relevar o *ethos* do romance. Isto é, seu tema central e a sua articulação com outras temáticas.

O que é corrente na crítica – como afirmamos alhures – é a classificação de *O Mulato* como o livro inaugural do naturalismo no Brasil. Muito embora haja pequenas desavenças, tendemos a concordar em parte com a classificação corrente, desde que se leve em conta que há no livro muito de romântico, principalmente em forma. Independentemente da classificação que se faça, o inegável é que o traço naturalista é visível e não seria de bom tom uma análise que desprezasse o assunto.

Fatos pouco posteriores como o aviso escrito nas primeiras páginas de *O Homem* e a posterior publicação de *O Cortiço* demonstram que a aproximação de Aluísio Azevedo do campo estético naturalista não é puramente fruto de didatismos *a posteriori*, posto que o próprio autor se classificou como naturalista, mesmo se dividindo com a produção de romances-folhetins de estética romântica. Divisão esta que, como veremos adiante, era sentida pelo autor.

O fato é que não é seguro afirmar, no entanto, que Aluísio Azevedo, às vésperas da concepção de *O Mulato* já tinha ele mesmo conhecimento claro do que significava o naturalismo. Dizer o contrário, entretanto, parece bem menos seguro. Mais adequado seria afirmar que o autor que se consagraria com a publicação de *O Cortiço* em 1890, já tinha, em 1881, o ímpeto e a atitude crítica que mesmo em romances de superfície romântica, como *Filomena Borges* de 1884, ativava a crítica contra a monarquia brasileira.

De todo modo, independentemente do paradigma estético seguido, não resta dúvida de que para cada um de seus livros Aluísio elegia um grande tema, um mote sob o qual o enredo se desenvolveria criticamente e, como alusão ao naturalismo, quase como se por fim quisesse o autor provar alguma coisa.

É assim que em *O Homem* (1887) a histeria toma o pano de fundo do enredo, em *Casa de Pensão* (1883) o adultério, em *O Cortiço* (1890) a habitação coletiva dos humildes e, porque não dizer, a cidade e a urbanização, em *O Livro de uma Sogra* (1895) o casamento e a fisiologia. Temas acessórios, no entanto, se ramificam a partir dos grandes troncos, do plano geral de cada uma das obras outras questões polêmicas surgem na construção das narrativas. Por exemplo, em *O Cortiço* é possível encontrar o tema da homossexualidade e também do adultério, em *Casa de Pensão* o cotidiano citadino e também a histeria. Há sempre, nas obras de Aluísio Azevedo, uma seleção temática na qual alguns assuntos são recorrentes.

Em *O Mulato*, embora estejam presentes os temas do adultério, do anticlericalismo e da escravidão, é a questão da raça, da cor da pele, que é central e que carrega consigo as outras temáticas, produzindo uma polifonia sobre a desigualdade social. A tensão política da questão racial advirá do enquadramento romântico posto na relação entre o mulato Raimundo e a branca Ana Rosa.

O personagem protagonista é um – Raimundo – mas ele é o mulato que dá título à trama, ele é o adjetivo para o coletivo que representa. Raimundo é o representante da categoria étnica mulato. Os temas acessórios – e isso quer dizer não menos importantes – são a cidade de São Luís do Maranhão, a crítica à igreja católica e – menos acessíveis na camada epitelial do texto – a crítica às tradições e ao regime político.

Todos esses temas, essas gramáticas e ideologias, se combinam em *O Mulato*. Essas gramáticas foram correntes no pensamento brasileiro de fins do século XIX que, como veremos adiante, se entrelaçaram em ismos nos 1870: naturalismo, anticlericalismo, positivismo, republicanismo e abolicionismo. Mas o quanto dessas gramáticas há em *O Mulato*? Ora, essa é a questão a ser respondida primeiramente pelo próprio texto, isso é, pela análise da própria narrativa.

De todo modo,

> não importa o quanto o escritor pretenda festejar ou desacreditar uma ideologia política, não importa o quanto seu objetivo possa ser didático ou polêmico, seu romance não pode finalmente apoiar-se na ideia "em si". Na medida em que ele é realmente um romancista, um homem acometido pela paixão de representar e colocar ordem numa experiência, ele deve dirigir à política de seu romance, ou a que está por detrás dele, numa relação complexa com os tipos de experiência que resistem à redução a uma fórmula – e uma vez feito isto ele transforma suas ideias de forma surpreendente. Sua tarefa é sempre mostrar a relação entre a teoria e a experiência, entre a ideologia que foi preconcebida e o emaranhado de sentimentos e relacionamentos que está tentando apresentar (HOWE, 1998, p. 8).

Nesse sentido, nossa análise não está concentrada em perseguir o Aluísio Azevedo naturalista, tampouco em esmiuçar o quanto o enredo se caracteriza pelas tensões entre o homem, o meio e o momento – tese central do naturalismo de Zola. Estamos, por outro lado, interessados na arte crítica de *O Mulato*, isto é, no sumo literário que nos aproxima da consciência crítica de Aluísio Azevedo. Seguindo esse intuito é que realizaremos a seguir uma leitura de imersão da realidade ficcional de *O Mulato*, buscando suas sendas políticas e sociais.

capítulo 2

# EM BUSCA DAS SENDAS POLÍTICAS E SOCIAIS DE *O MULATO*

A voz onisciente que anima a narrativa de *O Mulato* é uma voz tensa, carregada de impressões e de juízos de valor acerca do espaço. É a cidade de São Luís do Maranhão a primeira protagonista da trama. Protagonista porque ela tem vida, tem especificidades e impõe as suas condições a todos os outros personagens. Não há ser vivente que, em meio ao entorpecimento, aos abafadiços dias de sol forte e ao adormecimento das vielas centenárias, se sinta bem. Mesmo a "Praça da Alegria apresentava um ar fúnebre" (AZEVEDO, 1959, p. 22) e a sentença parece valer para todo o fluxo do enredo. Mesmo os momentos descontraídos e aparentemente sem importância da narrativa trazem em si o ar lúgubre, pois o tempo todo é sabido que algo acontecerá por trás da aparente calmaria tropical.

Esse cenário de alegria fúnebre dá corpo e alma à narrativa. A lente que inicialmente se projeta como que de um planador sobre a cidade de São Luís vai por toda a primeira parte da obra focando paulatinamente singularidades e, em meio à descrição de seu cotidiano, nesse movimento, vai encontrando sutilmente, entre os miúdos de boi comercializados por marreteiros e os cachorros que se esbaldam no sol do paço municipal e entre o comércio de negros dos quais se medem a musculatura e os dentes para a decisão do preço, os seres humanos que servirão de artérias aos impulsos emanados da força maior que é o espaço da trama e as suas circunstâncias que, lembremos, são de lúgubre alegria (AZEVEDO, 1959, p. 33-35).

Os pretos estão sempre pelas ruas, cumprindo as tarefas de seus senhores, os brancos por outro lado aparecerão, quase sempre, no interior das casas e só se põem à rua por necessidade do dia. Assim, no fluxo das ruas de *O Mulato* se encontra o dia a dia do comércio de coisas e gentes, de escravos. Ainda nas ruas se pode ver os capitalistas e os pedreiros livres, poucas mulheres, estas sempre recolhidas ao ambiente doméstico.

Assim, nesse movimento, a lente deste que tudo sabe sobre a história se fecha sobre uma família da cidade e seus amigos a partir dos quais se descortinam, passo a passo, as personagens de *O Mulato*. Nenhuma será suficientemente secundária, mas nem todas serão de grande importância quanto o mulato que será o verdadeiro epicentro da história.

Cada personagem ocupa lugar na narrativa às vezes menos como figura decisiva para a trama e mais por que aspiram, em sua composição, algo característico para entremear os assuntos, as sendas do romance.

Destarte, dona Amância será a peça contra a modernidade aparecerá sempre confirmando as tradições. Quitéria, tão importante quanto efêmera, é a própria escravatura encarnada na violência explícita, mas travestida no salvacionismo católico de sua devoção. Maria Bárbara, o reforço, certo que menos violento, mas não menos voraz, dos tradicionalismos escravagistas. Domingas, a escrava mãe do mulato, aparecerá pouco, mas o suficiente para representar os augúrios das vítimas do sistema escravista. O Freitas é o ufanismo Maranhense. Sebastião Campos, o antilusitano. Dias, o agregado oportunista.

Todos os personagens, no entanto, estão envoltos de ambiguidade. Se são maus, revelam em algum momento algo que os aproxima de um perfil de bondade, se são bons, trazem a inocência dos bons demais e Aluísio os faz quase bobos da história. Nenhum será um tipo perfeito. No entanto, Cônego Diogo, Ana Rosa e Manuel Pescada serão os principais – e nessa ordem de importância – depois do mulato.

O mulato chama-se Raimundo. Ele será o assunto que na cidade trará alegria pela curiosidade, pela novidade em um cotidiano medonho, mas que não afastará por todo o ar lúgubre.

Raimundo é portador de algo novo. Sua ambivalência, o fato de não ser negro nem branco, causa estranhamento, pois "discutiam-lhe a roupa, o modo de andar, a cor e os cabelos" e discutiam também o papel misterioso que o mulato desempenhava e conjecturavam afiançando que "Raimundo era sócio capitalista da casa de Manuel", seu tio branco e português (AZEVEDO, 1959, p. 37).

Certo é que a ambivalência do fenótipo de Raimundo não combinava com seus gostos e modos representados pela personagem no enredo. Entrementes, é um homem mulato que vai despertando as curiosidades e comentários dos brancos.

A posição de Raimundo, forasteiro mulato que se torna centro das atenções, não é parte do cotidiano da província e só poderia ser explicada se sua origem, para além da cor da pele, tivesse calcada em terrenos mais sólidos da vida social. Não à toa, em certo momento, afirmava um personagem secundário da história, que Raimundo "tinha casta" (AZEVEDO, 1959, p. 63).

Por essas razões é que o narrador de *O Mulato* imprime em um lençol freático da história um suspense: como pode tal personagem, negro ou quase negro, desempenhar protagonismo? A pergunta vale tanto para as personagens de *O Mulato* quanto para o próprio livro, pois, como se depreende das quatro primeiras partes da obra, é um mulato, um ser híbrido em meio a uma falsa estabilidade étnica, que desempenha o papel preponderante, o mote e o centro de um enredo decorrido em um meio essencialmente escravista e tradicional.

Desse modo, a provocação desafiadora do narrador é colocar o tipo de indivíduo completamente subalterno à sociedade como epicentro da história. Nessa linha, há uma passagem alta que arrecada *corpus* para a constituição das sendas sociopolíticas de *O Mulato* – a descrição física de Raimundo:

> Raimundo tinha vinte e seis anos e seria um tipo acabado de brasileiro se não foram os grandes olhos azuis, que puxara do pai. Cabelos muito pretos lustrosos e crespos; tez morena e amulatada, mas fina; dentes claros que reluziam sob a negrura do bigode; estatura alta

e elegante; pescoço largo, nariz direito e fronte espaçosa. A parte mais característica da sua fisionomia era os olhos – grandes, ramalhudos, cheios de sombras azuis; pestanas eriçadas e negras, pálpebras de um roxo vaporoso e úmido, as sobrancelhas, muito desenhadas no rosto, como a nanquim faziam sobressair a frescura da epiderme, que, no lugar da barba raspada lembrava os tons suaves e transparentes de uma aquarela sobre papel de arroz. Tinha os gestos bem educados. sóbrios, despidos de pretensão, falava em voz baixa, distintamente sem armar ao efeito; vestia-se com seriedade e bom gosto; amava as artes, as ciências, a literatura e, um pouco menos, a política. Em toda a sua vida, sempre longe da pátria, entre povos diversos, cheio de impressões diferentes tomado de preocupações de estudos, jamais conseguira chegar a uma dedução lógica e satisfatória a respeito da sua procedência. Não sabia ao certo quais eram as circunstâncias em que viera ao mundo, não sabia a quem devia agradecer a vida e os bens de que dispunha. Lembrava-se no entanto de haver saído em pequeno do Brasil e podia jurar que nunca lhe faltara o necessário e até o supérfluo. Em Lisboa tinha ordem franca (AZEVEDO, 1959, p. 64).

Destacando a frase "seria um tipo acabado de brasileiro se não foram os grandes olhos azuis, que puxara do pai" (AZEVEDO, 1959, p. 64) podemos depreender um esforço do narrador de caracterizar o fenótipo do homem típico brasileiro. Nesse tecer, o que perverte a imagem do nativo é o ingrediente europeu "não foram os grandes olhos azuis, que puxara do pai". Há, nesse sentido, uma inversão, pois uma característica peculiar do povo europeu interrompe de maneira decisiva uma descrição que caminha para uma definição do homem comum brasileiro.

Tendemos a propor que o narrador faz isso para confundir. Para pintar um quadro atípico não só do brasileiro como do tipo mulato. É, portanto, a miscigenação, a mistura do português com o negro que salta com vigor da passagem. Frente a uma definição clara e decisiva o autor opta por uma descrição que reforça a ambivalência, a confusão e a indeterminação física da personagem.

É essa ambivalência, essa ambiguidade que emoldura a figura de Raimundo e que prende a atenção de todas as outras personagens em torno dele. Raimundo é comum ao mesmo tempo em que não é. Raimundo deveria estar em um lugar e está em outro. Raimundo surpreende em suas características físicas e naturais e surpreende ao atuar em um papel que não é o seu, pois diferentemente dos outros de sua "raça" tinha "os gestos bem educados, sóbrios, despidos de pretensão, falava em voz baixa, distintamente sem armar ao efeito; vestia-se com seriedade e bom gosto; amava as artes, as ciências, a literatura e, um pouco menos, a política" (AZEVEDO, 1959, p. 65).

As peculiaridades não param já que Raimundo não era cativo ou agregado, diferentemente tinha personalidade cosmopolita e instruída, tendo corrido sua "vida, sempre longe da pátria, entre povos diversos, cheia de impressões diferentes tomada de preocupações de estudos" (AZEVEDO, 1959, p. 65). Mas, contudo, faltava-lhe o esclarecimento de suas origens, pois "jamais conseguira chegar a uma dedução lógica e satisfatória a respeito da sua procedência. Não sabia ao certo quais eram as circunstâncias em que viera ao mundo não sabia a quem devia agradecer a vida e os bens de que dispunha" (AZEVEDO, 1959, p. 65). Era, Raimundo, enfim e no fundo, um ninguém com posses.

Raimundo é exatamente esse sujeito: personagem que aparece viril, com bons modos, mestiço e levando os bons elementos dos dois lados da mistura. Mas, ao mesmo tempo, a personagem, como explicitará o narrador, não sabe de suas origens, desconhece seu papel e seu lugar. O protagonismo de Raimundo é inconsciente e por isso ele não domina nem uma parcela mínima de seu destino. A importância inconsciente de uma personagem instável em si, mas extremamente estável para a trama, será a principal seiva das ramas dramáticas de *O Mulato*.

Nesse sentido, Raimundo é metonímia dos milhares de mulatos. Não se é branco e não se é negro, sabe-se que é parte do todo, mas não se sabe que papel desempenhar. No entanto, esse ninguém é fundamental, pois é, sobretudo, "o tipo acabado de brasileiro" (AZEVEDO, 1959, p. 64), mas o tipo acabado de brasileiro não sabe, em si, o que é. A origem é lacunar e a história desconhecida. A identidade é distante, rarefeita.

Raimundo é assunto por ser mulato e por carregar um passado que só ele desconhece, mas será durante toda narrativa tratado sempre, pelas outras personagens, como doutor – até porque o era, posto que se fez advogado na faculdade de Coimbra em Portugal. No entanto, ambiguamente, é destratado, de forma quase sempre velada, cotidianamente por suas origens negras, mas é explicitamente tratado por seu título branco: doutor. E por isso Ana Rosa, a filha de Manuel da Silva, sua prima, "entontecia em pensar nele. [n]O hibridismo daquela figura, em que a distinção e a fidalguia de porte harmonizavam caprichosamente com a rude e orgulhosa franqueza de um selvagem [...]" (AZEVEDO, 1959, p. 112).

Raimundo, no entanto, é o único realmente cosmopolita da história. Todos os outros personagens são meramente frutos da província. Esse fator vitaliza a narrativa, pois o mulato é mais que todos: é doutor e conhecia o mundo. No entanto e apesar disso, não deixava de ser mulato. E assim é que surgem comentários, tais como:

> – Quem é aquele sujeito, que ali vai de roupa clara e um chapéu de palha?
>
> – Ora essa! Pois ainda não sabes? Respondia um Bento. É o hóspede de Manuel Pescada!
>
> – Ah! Este é que é o tal doutor de Coimbra?
>
> – O cujo! Afirmava o Bento.
>
> – Mas Brito, vem cá! Disse o outro, com grande mistério, como quem faz uma revelação importante. – Ouvi dizer que é mulato!... (AZEVEDO, 1959, p. 120).

Não obstante, Raimundo, ao longo de sua estadia, não deixou de notar que uma província tida como boa anfitriã conduzia-lhe, dia a dia, ao isolamento, posto que lhe repetissem com insistência que o Maranhão era uma província muito hospitaleira, como é de fato, reparava despeitado, que, sempre e por toda a parte, o recebiam constrangidos. Não lhe chegava às mãos um só convite para baile ou para simples sarau; cortavam muita vez a conversação, quando ele se aproximava; tinham escrúpulo em falar em sua presença de assuntos aliás inocentes e comuns; enfim – isolavam--no, e o infeliz, convencido de que era gratuitamente antipatizado por toda a província, sepultou-se no seu quarto [...] Já as moças "em sociedade o repeliam todas, isso é exato, mas em particular o chamavam para a alcova (AZEVEDO, 1959, p. 121-122).

Ainda sobre Raimundo e suas origens, vale trazer à tona a passagem do romance que trata de seu progenitor. Na passagem há, sinteticamente, a história do pai de Raimundo, o traficante de escravos José da Silva. No trecho, é o fato de José ser um contrabandista de escravos que faz com que ele seja "mais ou menos perseguido e malquisto pelo povo do Pará" (AZEVEDO, 1959, p. 67), a ponto de um dia se levantarem contra ele os seus próprios cativos que o teriam exterminado. Não o exterminaram porque, curiosamente, uma de suas escravas lhe avisou do perigo que corria. Essa escrava que teme pela vida de seu amo é a quase sempre secundária personagem Domingas que, ficamos sabendo à frente no enredo, se tornaria a mãe de Raimundo. E somente no momento em que é revelada como mãe de Raimundo torna-se, ainda que efemeramente, uma personagem de importância.

O fato de o autor tramar a responsabilidade da salvação de um escravista nas mãos de uma escrava é um dado importante. Importante porque revela a preocupação de caracterizar, por um lado, as motivações que mais tarde explicariam a relação amorosa entre entes de estratos díspares e, por outro lado, o reforço de colocar um indivíduo negro que, mesmo sendo o pivô do sistema servil, coloca-se à disposição para salvar um outro seu senhor. Ficamos com a impressão de uma ternura inocente e ao mesmo tempo trágica acerca da personagem negra Domingas. A alegria lúgubre ronda todo o tempo. O bem só acontece para evitar um mal ou como prenúncio deste.

Na continuação, sabemos que é fugindo da revolta de seus cativos que José da Silva vai a São Luís do Maranhão. Essa migração forçada não é sem risco, pois o sentimento antiescravista e, nesse caso, por consequência, antilusitanista, que perseguira o personagem no Pará estava presente também no Maranhão posto que havia "novos ódios, que esta província, como vizinha e tributária do comércio da outra, sustentava instigada pelo Farol contra os brasileiros adotivos e contra os portugueses" (AZEVEDO, 1959, p. 67). Novos ódios porque é de um sentimento recente à época que o autor se refere, pois é de nacionalidade que se está falando. Reforça-se, na passagem, a alteridade "brasileiro" x "português", estabelecendo-se, ainda, a relação "português" = "traficante de escravos". Ao mesmo tempo, e sem que o leitor possa perceber, apenas o instável mulato vai se tornando figura incólume e longe de suspeitas. O herói vai, em passagens aparentemente sem importância, sendo gradativamente construído.

Ademais, mesmo frente a esses perigos da estratificação social, o personagem José da Silva conseguia sempre "salvar algum ouro" mesmo porque o metal à época "corria abundante por todo o Brasil" (AZEVEDO, 1959, p. 67). Mas essas riquezas abundantes estão sempre à mercê do regime predatório do Império que, ao seu gosto, as exaure em ações desmedidas. Assim, afirma o narrador de *O Mulato*, que todo o ouro em abundância no Brasil foi "mais tarde" transformado em "condecorações e fumaças" pela "Guerra do Paraguai" (AZEVEDO, 1959, p. 67). Nas entrelinhas nos deixa o narrador, por meio das falas dos próprios portugueses, duas críticas fugazes que contribuem para a composição concomitante de uma senda política da trama: uma atitude crítica frente ao Império. Essas sendas aparecerão sempre em passagens menos importantes para a trama como um todo, ou seja, se extirpadas da narração não deslocariam em nada os rumos da história de Raimundo. Como aqui mesmo não deslocam.

Mas a senda, na passagem, se constitui contra o Império brasileiro. A primeira diz respeito diretamente à guerra do Paraguai, que foi ação empreendida durante o segundo reinado. A segunda diz respeito indiretamente ao exército enquanto instituição militar mantida pelo Império, na medida em que teria servido à guerra do Paraguai apenas para as efemérides de seus líderes, tudo isso a muito custo. Um custo que não trouxe nenhum benefício ao Brasil e que apenas desapareceu no ar feito as "fumaças" da própria guerra.

De todo modo, José da Silva, o pai do mulato, embora só apareça na lembrança, pois na narrativa já era morto, carregava muita ambiguidade, pois era traficante de escravos, mas, mesmo assim, tivera caso com uma negra escrava e deixou condições para que fosse criado com muito esmero o filho dessa relação. Além de ficar implícita certa paixão por Domingas, José da Silva alforriou o filho, Raimundo, no nascimento e deixou todas as condições materiais para a sua vida.

Assim é que as personagens de *O Mulato* são apresentadas, quase todas, em boa figura, mas vão sendo gradativamente, por vezes mesmo de rompante, transformadas em seres imperfeitos, dotados de ultrajantes características humanas. Desse modo, afrontam-se durante toda a narrativa qualidades e idiossincrasias e as personagens vão sendo desenhadas instáveis e ambíguas.

É o caso do caixeiro Dias. Sua descrição inicial o coloca acima de qualquer suspeita ou lhe logra a condição de um néscio. Será ele, no entanto, mais tarde, o assassino do mulato, o quebra-trama que enfim colocará fim à paixão entre Ana Rosa e Raimundo. Será também ele que, mais tarde, se tornará herdeiro dos bens de Manuel da Silva, esposando a antiga paixão do mulato. O personagem cheio de ambiguidades será decisivo para a extinção da linha romântica do livro. Entrementes, quase não aparece durante toda a narrativa e, ao final, manipulado pelo cônego Diogo, será decisivo para interromper o fluxo que deu vida a todo o romance. Assim, a potencialidade de Dias é, sobretudo, a de um personagem impregnado de realismo.

O tracejar ambíguo das personagens não para. Quando, por exemplo, o autor descreve, pela primeira vez, o cônego Diogo, nenhum traço de maldade é revelado. A personalidade pérfida e estrategista do religioso fica de todo escondida até que se revelam os acontecimentos passados de São Brás, fazenda onde nascera o mulato, quando o cônego aparece como amante de Quitéria, esposa de José da Silva, pai de Raimundo, e quando esse mesmo presencia o assassínio de Quitéria por José e ambos, José e Diogo, pactuam o sigilo do adultério e do crime. Além disso, o cônego Diogo é o primeiro a saber de tudo. É o portador dos enlaces narrativos antes de qualquer outra personagem. É ele o primeiro a saber da chegada de Raimundo, é o primeiro a perceber a paixão e a gravidez de Ana Rosa. Munido de informações importantes será ele quem tramará as situações, dinamizando a história em direção a seus objetivos e manipulando todos com facilidade, travestido na inviolável negritude de sua batina. O cônego Diogo batizou Raimundo ao nascimento. O mesmo cônego Diogo será o arquiteto da morte de Raimundo. Abre-se a partir da personagem do cônego a senda anticlerical: tudo na tragédia da história é arbítrio de uma figura religiosa. O mal travestido de bem.

Ainda, Manuel Pedro da Silva, o vulgo Manuel Pescada, pai de Ana Rosa, é de todo descrito como bom homem. Só não se sujeita a agir com justiça porque está sempre sucumbido no meio e é levado em suas atitudes pelo ímpeto estrategista e pérfido do cônego Diogo. A figura religiosa não diminui os conflitos. Pelo contrário, os afirma e os maximiza. A figura do homem religioso se presta apenas para o mal. Para instigar, perverter e saturar os conflitos.

Adiante, seguimos com um excerto que trata da personagem Dona Quitéria, esposa do pai de Raimundo, personagem secundária na trama, mas importante para nosso propósito de construção das sendas políticas e sociais de *O Mulato*, pois continua a aparecer com força a atitude provocadora do narrador em relação à religião e, nesse caso, como em muitos outros na história, combinada aos males da escravidão:

> [...] Sra. D. Quitéria Inocência de Freitas Santiago, viúva, brasileira rica, de muita religião e escrúpulos de sangue, e para quem um escravo não era um homem, e o fato de não ser branco, constituía só por si um crime. Foi uma fera! Em suas mãos, ou por ordem dela, vários escravos sucumbiram ao relho, ao tronco, à fome, à sede, e ao ferro em brasa. Mas nunca deixou de ser devota, cheia de superstições; tinha uma capela na fazenda, onde a escravatura, todas as noites com as mãos inchadas pelos bolos, ou as costas lanhadas pelo chicote, entoava súplicas à Virgem Santíssima, mãe dos infelizes. Ao lado da capela o cemitério das suas vítimas. Casara com José da Silva por dois motivos simplesmente: porque precisava de um homem, e ali não havia muito onde escolher, e porque lhe diziam que os portugueses são brancos de primeira água. Nunca tivera filhos. Um dia reparou que o marido, a título de padrinho, distinguia com certa ternura, o crioulo da Domingas e declarou logo que não admitia, nem mais um instante, aquele moleque na fazenda.
> 
> — Seu negreiro! gritava ela ao marido, fula de raiva. Você pensa que lhe deixarei criar, em minha companhia, os filhos que você tem das negras?... Era só também o que faltava. Não trate de despachar-me, quanto antes, o moleque, que serei eu quem o despacha, mas

há de ser para ali, para junto da capela! (AZEVEDO, 1959, p. 67-68).

A atitude literária de provocação ao clero que vai sustentar a principal senda política de *O Mulato*, não é, no entanto, a única provocação do narrador que desata frente ao tema da religião católica. Combinada com a senda de defesa do homem negro, curtida mais em tom de denúncia às mazelas sofridas pelos negros do que diretamente a uma atitude de comungar o fim do regime escravista que empapa a cidade de São Luís, o narrador congrega, na tessitura da personagem Quitéria, um tipo que é exemplo de figura religiosa e, ao mesmo tempo, terrível carrasco para os negros, pois a "Sra. D. Quitéria Inocência de Freitas Santiago, viúva, brasileira rica de muita religião e escrúpulos de sangue" (AZEVEDO, 1959, p. 67) não tratava um escravo como um homem e ao lado de sua capela tinha um cemitério para seus escravos, suas vítimas.

Ela, Dona Quitéria, algoz de seus escravos é concomitantemente uma religiosa dedicada e fiel. Um tipo ambíguo que opõe o ingrediente da candura religiosa à perversão de uma alma que odeia e violenta o próximo porque ele é negro e, claro, escravo.

A criação dessa ambiguidade do tipo não é à toa. Quer o narrador tecer uma provocação de peso às aparências das senhoras de família da cidade e, também, revelar que um sentimento religioso ardoroso não suprime outras características humanas. Mas a provocação ao fator religião que aqui, nesse caso, deve-se ler, religião católica, não para no tecer da ambiguidade do tipo. O narrador nivela a devoção ao plano da superstição, pois Dona Quitéria "nunca deixou de ser devota" e era "cheia de superstições" (AZEVEDO, 1959, p. 67). Continua a provocação, pois o cemitério abençoado pela capela católica serve como ataúde às personagens, que na trama são subalternas, vitimadas pela beata Dona Quitéria. Em um nível mais profundo, a passagem, então, pode ser compreendida como metáfora crítica fugaz ao papel da igreja na cidade escravista: a igreja abençoa as vítimas do regime e ao mesmo tempo o próprio regime.

Assim, longe de pequenas, vão se mostrando as sendas de *O Mulato*. O delicado jogo de linguagem que, em pequenas doses metafóricas, conduz o leitor que vive a história a uma reflexão acerca da posição dos tipos na cidade escravista e tradicional, leva-o a problematizar a pressão do meio e a desigualdade que, na realidade da ficção, rondam soturnamente as personagens.

Há pouco dissemos que Dona Quitéria tornou-se esposa de José da Silva, pai de Raimundo. Tornou-se esposa de José porque "precisava de um homem, e ali não havia muito onde escolher, e porque lhe diziam que os portugueses são brancos de primeira água." (AZEVEDO, 1959, p. 68). Nesse momento do romance é que tomamos conhecimento que José da Silva mantivera, mesmo casado, relações amorosas com sua escrava Domingas – aquela mesma que o salvou das mãos de seus outros escravos revoltos. Pois que é neste momento, também, que fica sabendo Dona Quitéria que tal relação gerara um fruto e com esse acontecimento repõe-se a fúria racista da personagem. Dona Quitéria "Nunca tivera filhos. Um dia reparou que o marido, a título de padrinho, distinguia com certa ternura, o crioulo da Domingas e declarou logo que não admitia, nem mais um instante, aquele moleque na fazenda" (AZEVEDO, 1959, p. 68). A figura do filho de um branco com uma negra escrava é problema sem lugar na estrutura da organização familiar da trama e deve-se pela via do apadrinhamento realizar a relação que sustentará, de forma um tanto quanto obscura aos olhos de todos, a ligação fraterna entre pai e filho.

A presença do rebento de José com Domingas aflora mais uma vez o tino racista de Dona Quitéria que enraivecida adjetiva o marido de "Seu negreiro!" e completa "Você pensa que lhe deixarei criar, em minha companhia, os filhos que você tem das negras?... Era só também o que faltava. Não trate de despachar-me, quanto antes, o moleque, que serei eu quem o despacha, mas há de ser para ali, para junto da capela!" (AZEVEDO, 1959, p. 68).

Mais à frente na narrativa, ficamos sabendo que Raimundo é enviado pelo próprio pai à Europa. Lá o filho estudará e terá bom sustento. Assim, o pai português branco aviou seu filho à corte portuguesa para garantir-lhe a formação e, ao mesmo tempo, afastá-lo dos olhos de todos que, na cidade alegre e lúgubre, sabiam bem de que tipo de relação reprovável advinham os rebentos que não eram nem negros e nem brancos.

Uma vez tendo aviado o filho, José retorna à fazenda e surpreende a mulher Quitéria em ato de adultério com o padre Diogo. Contaminado pela raiva José mata Quitéria. O padre, trocando a informação do adultério pela do assassinato, ajudará a encobrir tudo. O padre, que surge depois como cônego, sabia, portanto, de tudo: da origem de Raimundo, do ato de José, do verdadeiro fim de Quitéria, sua amante. Isso o aproximará da família tanto quanto dos fatos. Desenha-se assim, ambiguamente, o grande vilão da trama: um padre, uma figura religiosa.

Não obstante, há também em *O Mulato* personagens que, mesmo à margem, deixam transparecer o *ethos* conservador da cidade de São Luís. É o caso de Dona Amância, que, como muitos outros, detestava o progresso. Nessa oposição entre avanço e progresso, encontramos ecos da oposição alegria (e luz) x lúgubre (e as sombras), como vemos no trecho abaixo:

> Detestava o progresso.
>
> — No seu tempo, dizia ela com azedume, as meninas tinham a sua tarefa de costura para tantas horas e haviam de pôr pr'ali o trabalho! se o acabavam mais cedo iam descansar?...
> Boas! desmanchavam minha senhora! desmanchavam para fazer de novo! E hoje?... perguntava dando um pulinho, com as mãos nas ilhargas – hoje é o maquiavelismo da máquina de costura! Dá-se uma tarefa grande e é só "zuc-zuc-zuc!" e está pronto o serviço! E daí, vai a sirigaita pôr-se de leitura nos jornais, tomar conta do romance ou então vai para a indecência do piano!
>
> E jurava que filha sua não havia de aprender semelhante instrumento, porque as desavergonhadas só queriam aquilo para melhor conversar com os namorados sem que os outros dessem pela patifaria!
>
> Também dizia mal da iluminação a gás:
>
> — Dantes os escravos tinham que fazer! Mal serviam a janta iam aprontar e acender os candeeiros deitar-lhes

novo azeite e colocá-los no seu lugar... E hoje? É só chegar o palitinho de fogo à bruxaria do bico de gás e... caia-se na pândega! Já não há tarefa! Já não há cativeiro! É por isso que eles andam tão descarados! Chicote! chicote, até dizer basta! que é do que eles precisam. Tivesse eu muitos, que lhes juro, pela bênção de minha madrinha, que lhes havia de tirar sangue do lombo! (AZEVEDO, 1959, p. 89-90).

Dona Amância é uma personagem subalterna, mas quando se trata de descobrir os conservadorismos da cidade São Luís e abrir a senda da crítica daquela sociedade, ela se torna figura central. Exemplo de tudo que é atávico, transfigura-se a personagem em uma personalidade que simplesmente "detestava o progresso" e não aceitava as novidades do tempo. Da máquina de costura que afastava as meninas de família do cozer diário perdendo-se estas em um "maquiavelismo" sistemático que as levava direto à indecente "leitura nos jornais" e "do romance ou então [...] do piano" esta iluminação afetava diretamente o cotidiano servil dos cativos, pois, nas palavras da personagem até a iluminação a gás que afetava diretamente o cotidiano servil dos cativos, pois eles valiam-se da "bruxaria do bico de gás" e pouco tinham o que fazer. Para Dona Amância, era preciso sempre usar o chicote, para tirar sangue, literalmente, dos escravos.

A provocação do narrador, no trecho anterior, não é despretensiosa, somenos despregada de uma leitura política, pois está amparada na senda da crítica ao regime escravista e ao conservadorismo que o acompanha como irmão.

Ora, a partir da apresentação e da fala de Amância podemos depreender que o progresso é inimigo de uma divisão do trabalho baseada na servidão de escravos e que, esse mesmo progresso, é detentor de uma capacidade latente de desestabilizar a moral e os bons costumes da família.

Está, o narrador, tecendo a trama da senda que coloca as aparências em questão, desvelando os sentidos de um conservadorismo que, a princípio, pode parecer banal, mas, no fundo, concentra suas razões de ser no querer da prevalência da profunda desigualdade social que sustenta o regime servil e as falsas aparências. E, note-se, é a ciência, leia-se a máquina de costura, a iluminação a gás, e sua introdução no cotidiano da vida que geram a patifaria, leia-se: a desagregação do sistema.

Assim, o narrador quer provocar mostrando que aquilo que ilumina, leia-se a ciência e a tecnologia da iluminação a gás – a alegria – é, naquela sociedade, compreendido equivocadamente como sinônimo de atraso, quando, na verdade, o atraso é a incompreensão da nova luz é a continuidade do lúgubre.

À frente, prevalece com ânimo em *O Mulato* a senda da crítica ao regime servil e continua o narrador tecendo a trama da denúncia social expondo a opinião dos brancos na chave do preconceito racial e da exploração do trabalho escravo. Faz isso, em alguns momentos, elevando a crítica social ao patamar da explícita provocação. E é a figura de Raimundo que servirá nesse entremeio como para-raios das opiniões racistas das personagens como quando o "Freitas passou-se à janela de

Raimundo, e aproveitou a oportunidade para despejar contra este uma estopada a respeito do mau serviço doméstico feito pelos escravos" (AZEVEDO, 1959, p. 94).

A seguir, o que vem, é mais um excerto do jogo narrativo que coloca as provocações à sociedade escravagista de forma nada sutil, mas, ao mesmo tempo, implícitas às falas das personagens racistas. É assim que vai continuar o Freitas, personagem por demais secundário para o fluxo da narrativa, mas não para a composição das sendas sociopolíticas, dizendo que os escravos "nos são necessários, reconheço!... mas não podem ser mais imorais do que são!" e que "As negras, principalmente as negras!... São umas muruxabas, que um pai de família tem em casa, e que dormem debaixo da rede das filhas e que lhes contam histórias indecentes!" (AZEVEDO, 1959, p. 94).

Adiante, o narrador tecerá passagem curiosa problematizando a influência das negras escravas nas meninas de família com a ideia fisiológica de contágio, remetendo-nos à ideia de doença, pois diz a personagem "Ainda outro dia, em certa casa, uma menina, coitada apareceu coberta de piolhos indecorosos, que pegara da negra! Sei de outro caso de uma escrava que contagiou a uma família inteira de impigens e dartros de caráter feio!" (AZEVEDO, 1959, p. 94). Mas o contágio infeccioso para o corpo é, segundo o personagem, o menor mal que as negras podem oferecer às meninas, considerando que de maior envergadura é o mal que estas mesmas negras podem causar à moral das meninas na medida em que "ficam as pobres moças sujas de corpo e alma na companhia de semelhante corja!" (AZEVEDO, 1959, p. 94).

Termina a personagem com profunda ironia ao colocar o fato de possuir escravos como se fosse algo impositivo, pois vai dizer Freitas que se conserva "pretos" ao seu "serviço", é porque não tinha outro "remédio". A ironia das personagens é seiva que nutre a senda de um pensamento que nega e denuncia o racismo como ato ridículo e coloca a escravidão como consubstanciação da mediocridade. Novamente uma alegria contaminada pelas sombras.

Nesse ponto a transcrição de um trecho substancial se faz necessária:

> A criadagem de Manuel e Maria Bárbara constava, além de Brígida, e Benedito, de uma cafuza já idosa, chamada Mônica, que amamentara Ana Rosa e lavava a roupa da casa, e mais de uma preta só para engomar, e outra só para cozinhar, e outra só para sacudir o pó dos trastes e levar recados à rua. Pois, apesar deste pessoal, o serviço era sempre tardio e malfeito.
>
> — Estas escravas de hoje tem luxos!... observou Amância em voz baixa a Maria do Carmo, apontando com o olhar para o vulto empantufado de Brígida.
>
> E entraram a conversar sobre o escândalo das mulatas se prepararem tão bem como as senhoras. "Já se não contentavam com a sua saia curta e cabeção de renda; queriam vestido de cauda; em vez das chinelas, queriam botinas! Uma patifaria!" Depois falaram nos caixeiros, que roubavam do patrão para enfeitar as suas pininchas; e, por uma transição natural, estenderam a

crítica até aos passeios a cano, às festas de largo e aos bailes dos pretos.

— Os chinfrins, como lhes chamava o meu defunto Espigão, acudiu Maria do Carmo, Conheço! ora se conheço!... Bastante quizília tivemos nós por amor deles!...

— É uma sem-vergonheira! Ver as escravas todas de cambraia, laços de fita, água de cheiro no lenço, a requebrarem as chandangas na dança!...

— Ah, um bom chicote!... disseram as duas velhas ao mesmo tempo.

— E elas dançam direito?... perguntou a do Carmo.

— Se dançam!... O serviço é que não sabem fazer a tempo e a horas! Lá para dançar estão sempre prontas! Nem o João Enxova!

A indignação secava-lhe a voz.

— Até parecem senhoras, Deus me perdoe! Todas a se fazerem de gente! os negros a darem-lhe excelência "E porque minha senhora pra cá! Vossa Senhoria pra lá!". É uma pouca vergonha, a senhora não imagina!... Uma vez, em que fui espiar um chinfrim, porque me disseram que o meu defunto estava lá metido, fiquei pasma! E o melhor é que os descarados não se tratam pelo nome deles tratam-se pelo nome dos seus senhores!... Não sabe Filomeno?... aquele mulato do presidente?... Pois a esse só davam "Sr. Presidente!" Outros são "Srs. Desembargadores, Doutores, Majores e Coronéis!" Um desaforo que deveria acabar na palmatória da polida! (AZEVEDO, 1959, p. 95-96).

O diálogo entre Amância e Maria do Carmo descortina muitas redes de sentido acerca da visão da personagem mulher branca em relação à criadagem negra. Antes, no entanto, do narrador abrir a conversa entre as personagens, faz uma referência geral aos escravos de Manoel Pescada e suas atribuições na casa. Há certa divisão do trabalho, mas, mesmo assim, "apesar deste pessoal, o serviço era sempre tardio e malfeito.".

O leitor é levado, de antemão, para uma ambiência de superinferiorização do escravo, pois não bastava o sujeito ser escravo podia ainda, como se se aplicasse ao tipo, ser incompetente.

No que pesa ao diálogo entre as personagens, indignam-se com o fato de as mulheres negras, as escravas, estarem passando a certos comportamentos e usos inaceitáveis. Inaceitáveis porque são usos e comportamentos das senhoras brancas posto que agora as escravas "queriam vestido de cauda; em vez das chinelas, queriam botinas!" (AZEVEDO, 1959, p. 95). Segundo a perspectiva das personagens secundárias Amância e Maria do Carmo, o fato de as negras aspirarem aos usos do cotidiano das mulheres brancas representava um escândalo moral e veem nesse processo o risco iminente da ampliação desses "luxos". Isso leva a pensar que o trabalho já não estava mais sendo bem feito pelas escravas justamente porque elas se interessavam, agora, pelo luxo dos brancos. Podemos pensar, assim, que não falta certa ironia do narrador na composição do trecho, considerando que o excerto faz pensar em: quanto mais branco ou mais ambientado aos usos do branco estiver o negro, igual ao do branco e por isso de menor qualidade será o seu trabalho.

O diálogo continua, bem como continuam as queixas das senhoras em relação à criadagem. A preocupação com a impressão de que havia certa mudança no hábito e no *status* das escravas se confirma nas afirmações que comentam a maior disposição das cativas para o lazer da dança e a menor disposição para o trabalho e que certos homens, evidentemente negros, tratam as negras por meio de pronomes de tratamento que, pela "ordem natural das coisas", só podem ser utilizados por homens brancos, senhores em relação a mulheres brancas, senhoras. Para as personagens o único modo de impedir tal desenvolvimento dos usos era, como disseram em uníssono, "um bom chicote!".

Mas o disparate de novos usos não estava restrito apenas às escravas, posto que os homens negros também se utilizavam dos pronomes dos brancos em seu trato. Em uma verdadeira e irônica transferência, os escravos, entre si, "não se tratam pelo nome deles tratam-se pelo nome dos seus senhores!... Não sabe Filomeno?... aquele mulato do presidente?... Pois a esse só davam 'Sr. Presidente!' Outros são 'Srs. Desembargadores, Doutores, Majores e Coronéis!'". E evidentemente que, diante de "um desaforo" desses, os escravos-senhores deveriam, segundo Maria do Carmo "acabar na palmatória da polida!".

Assim é que é comum no enredo de *O Mulato* a aparição de personagens pouco significativos para a composição da trama como um todo, mas que se prestam a reforçar questões que, somos levados a pensar, são de importância para o narrador em seu esforço de carregar criticamente o texto. Seguimos com outro excerto passível de ser compreendido como uma senda política da obra e que envolve diretamente o protagonista:

— Mas, Sr.ª D. Maria Bárbara, conte-me como foi essa história do quebranto, pediu Raimundo.

— Ora o quê! Pois então o senhor não sabe que é o mau-olhado pegando uma criatura de Deus — está despachadinha?... Então, credo! que andou o senhor aprendendo lá por essas paragens que correu?!

— V. Ex.ª, minha prima, também acredita no quebranto? interrogou o moço, voltando-se para Ana Rosa.

— Bobagens... murmurou esta, afetando superioridade.

—Ah, então não é supersticiosa?...

— Não, felizmente. Além disso – e abaixou a voz, rindo-se mais – ainda que acreditasse, não corria risco... dizem que o quebranto só ataca em geral as pessoas bonitas...

E sorriu para Raimundo.

— Nesse caso, é prudente acautelar-se... volveu ele galanteando.

E, como se Ana Rosa lhe chamara a atenção para a própria beleza passou a considerá-la melhor; enquanto a velha taramelava: — Meu caro senhor Mundico, hoje em dia já não se acredita em coisa alguma!... por isso é que os tempos estão como estão – cheios de febres, de bexigas, de tísicas e de paralisias, que nem mesmo os doutores de carta sabem o que aquilo é! Diz que é "beribéri" ou não sei quê; o caso é que nunca vi em dias de minha vida semelhante diabo de moléstia, e que o tal como-chama está matando de repente que nem obra do sujo, credo! Até parece castigo! Deus me perdoe! Isto vai, mas é tudo caminhando para uma república há de dar-lhes uma. Que os faça ficar aí de dente arreganhado! Pois o que, senhor! se já não há tementes de Deus! Já poucos são os que rezam!... Hoje, com perdão da Virgem Santíssima – e bateu uma palmada na boca – até padres! até há padres que não prestam! Raimundo continuava a rir.

— Quanto mais, observou ele de bom humor para a fazer falar, quanto mais se V. Ex.ª conhecesse certos povos da Europa meridional.

Então é que ficaria pasma deveras!

— Credo, minha Nossa Senhora! que inferno não irá esse mundão de esconjurados!

Por isso é que agora está se vendo, benza-me Deus!

E, benzendo-se ela própria com ambas as mãos, pediu que a deixassem ir dar uma vista de olhos pela cozinha.

— É eu não estar lá e o serviço fica logo pra trás! Caem no remancho, diabo das pestes!

Afastou-se gritando, desde a varanda pela Brígida: Aí estavam a pingar as nove, e nem sinal de almoço!... (AZEVEDO, 1959, p. 114- 115).

O trecho é substancial para captar uma senda sociopolítica impressa em meio ao enredo de *O Mulato*. Todo o trecho, que em nada contribui para o desenrolar da trama, tem o intuito de ironizar os costumes populares das simpatias e superstições. E Raimundo, vamos sabendo pouco a pouco, é aquele que ironiza as crenças populares e os "quebrantos". A ironia de Raimundo caracterizada pelo riso em toda a cena choca-se com a fala de Maria Bárbara que diz "Deus me perdoe! Isto vai, mas é tudo caminhando para uma república há de dar-lhes uma [...]" (AZEVEDO, 1959, p. 115). O que depreendemos então é que não é gratuita a ironia de Raimundo, pelo contrário, sabemos pela fala de Maria Bárbara que uma república acabaria com os encantamentos e logo com as proteções da sociedade. Não há outro sentido nisto se não quisesse o narrador chamar a atenção para o fato de que é exatamente isso que faria a república e que na cabeça dos conservadores, leia-se Maria Bárbara, significaria o fim de uma era abençoada por Deus. Eis que por essa altura a senda da crítica ao clero reaparece quando Maria Bárbara fala "Hoje, com perdão da Virgem Santíssima – e bateu uma palmada na boca – até padres! até há padres que não prestam!" e, "Raimundo continuava a rir".

Adiante, em uma fala que realiza no fundo uma comparação velada, Raimundo alude ao fato de quê "certos povos da Europa meridional" já há muito se livraram desses costumes baseados em quebrantos. Tem-se assim a impressão de um contentamento de Raimundo com certas "evoluções" não sem a dose de prazer de ver o que significa isso aos mais conservadores.

Em sentido próximo, riquíssima é a seguinte passagem:

> Por esse tempo aqueles três surgiam na rua, formando cada qual mais vivo contraste com os outros: Manuel no seu tipo pesado e chato de negociante, calças de brim e

paletó de alpaca; o cônego imponente na sua batina lustrosa, aristocrata, mostrando as meias de seda escarlate e o pé mimoso, apertadinho no sapato de polimento; Raimundo, todo europeu, elegante, com uma roupa de casimira leve adequada ao clima do Maranhão, escandalizando o bairro comercial com o seu chapéu-de-sol coberto de linho claro e forrado de verde pela parte de dentro. Formavam dizia este último, chasqueando, sem tirar o charuto da boca uma respeitável trindade filosófica, na qual, ali, o Sr. Cônego representava a teologia, o Sr. Manuel a metafísica, e ele, Raimundo, a filosofia política; o que, aplicado à política, traduzia-se na prodigiosa aliança dos três governos – o do papado, o monárquico e o republicano! (AZEVEDO, 1959, p. 119).

A senda da política atinge elevado grau nessa passagem de conteúdo alegórico que, ao mesmo tempo em que faz refletir sobre os diferentes tipos de composição dos governos, também acaba por confirmar a noção – que vamos tendo desde as primeiras linhas do romance – de que a personagem de Raimundo não se diferencia apenas pela tonalidade da pele, mas também pelas preferências políticas e pelos modos de se portar. Para além a passagem, é ainda uma referência muita clara a preferência política de Raimundo. Veremos: eis que a figura do cônego Diogo "imponente na sua batina lustrosa, aristocrata, mostrando as meias de seda escarlate e o pé mimoso, apertadinho no sapato de polimento" vai ser diretamente ligada à teologia e ao papado; já a figura de Manuel Pescada "no seu tipo pesado e chato de negociante, calças de brim e paletó de alpaca" representava a metafísica e, logo a monarquia, sistema, portanto, "pesado e chato" e, mormente, metafísico, ou seja, distante da realidade ou melhor, mais teórico do que prático; Raimundo por sua vez se apresenta "europeu, elegante, com uma roupa de casimira leve [...] com o seu chapéu-de-sol coberto de linho claro e forrado de verde pela parte de dentro" e o narrador rapidamente o vincula à filosofia política e ao tipo de governo republicano. Aqui é importante reparar que o único adequado ao clima é Raimundo, ou seja, o único tipo de governo apropriado seria o republicano mesmo que viesse "europeu", já que os outros tipos são lustrosos ou pesados demais para o clima do Maranhão: só o mulato e a república são, portanto, adequados.

A analogia que faz o narrador entre as personagens, os tipos de governo e os hábitos de cada um, bem como a adequação destes em relação ao lugar, nos dá a impressão de que alude também às etapas da filosofia da história do positivismo comteano, modelo este que explica a evolução das sociedades pelas etapas religiosa, metafísica e científica ou positiva e, naturalmente, enfim, republicana. Seria o mulato, então, sinônimo do que há de mais evoluído na escala do desenvolvimento político humano.

Passagens como essa revelam sendas que imprimem caráter teológico ao texto, carregado de típicos tradicionalismos católicos. Não só na descrição de certas liturgias e modos das personagens, sobretudo as femininas que são beatas, mas também em motes que podem passar despercebidos, como as insistentes locuções em latim, soltas pelo cônego Diogo no ínterim de diversos diálogos.

Entre as locuções litúrgicas e as sendas de crítica política e social, durante a narrativa, são muitos os chistes e as ironias. Patifes do cotidiano são contados para esmaecer o tom lúgubre que o texto traz em sua essência de desigualdade social e escravismo. O recurso mantém a alegria esmaecida.

Também é aparente, como alhures tratado, a senda das tonalidades antilusitanas. Em diversos momentos a presença portuguesa é colocada na culpa dos males da província, como por exemplo, em certa passagem em que Raimundo, que conhecera muito bem Portugal, onde estudou, "ressentia-se muito da má educação que os portugueses trouxeram para o Brasil" (AZEVEDO, 1959, p. 82) porque, durante a estada em Portugal, foi alcunhado pelos colegas de classe de "macaquinho". E somado a isso não escapam os ufanismos típicos dos românticos que valorizam o Brasil, quando o autor descreve uma das personagens assistindo o "espetáculo maravilhoso de um crepúsculo de verão no extremo norte do Brasil" (AZEVEDO, 1959, p. 77).

Depreendemos também da leitura, que o tecer e destecer de sendas sociopolíticas são acompanhados, durante toda a narrativa por uma musicalidade. Essa musicalidade, excetuando algumas polcas ao piano, é bem brasileira. Há uma melodia que acompanha toda a narrativa que é de tonalidade tropical entrecortada por empréstimos modais europeus. Anacronicamente, temos a sensação de certa dodecafonia – a musicalidade romântica é por vezes entremeada a passagens tensas e repetitivas de tom lúgubre. Aqui, também, a música do livro é miscigenada e ambígua. A alegria lúgubre presente na narrativa perdura e entrecorta sendas sobre a escravidão. Na descrição de Freitas sobre a festa dos remédios, Raimundo surpreende-se ao saber que em uma comemoração, espaço da alegria, se ralha: "– Ralha?" pergunta Raimundo. E diz o Freitas: "– ora! Já houve uma senhora que castigou um moleque a chicote, lá mesmo no largo!". E mais uma vez se surpreende Raimundo: "– A chicote?". E responde Freitas misturando ambiguamente e de modo despercebido a festa religiosa à violência de martírio: "– Sim, a chicote! Aquilo, meu caro doutor, é uma espécie de romaria!" (AZEVEDO, 1959, p. 105).

Em alguns momentos Raimundo protagonizará posição contrária ao cotidiano da sociedade escravista. Desse modo, vai aos poucos vestindo características abolicionistas. A senda que coloca Raimundo na defesa da abolição abre-se de quando em vez, implicitamente, por exemplo, quando se indigna frente a opiniões dos provincianos acerca da escravidão ou quando frente aos maus tratos que a sogra de Manuel da Silva deferia contra seus escravos via, naquilo, "um castigo bárbaro e selvagem" que "revoltava-o profundamente" e punha-o triste dando-lhe "ímpetos de fazer um despropósito na casa alheia". E exclamava a sós, indignado: "Estúpidos"! (AZEVEDO, 1959, p. 122).

E assim, cresceu em Raimundo um nojo pelo Maranhão. Isso o levou a despejar artigos críticos no jornal da província. O que só lhe trouxe problemas, já que o acusavam de herege, maçom, pedante e desrespeitoso. Assim Raimundo se aborrecia e

> a província parecia-lhe cada vez mais feia, mais acanhada, mais tola, mais intrigante e menos sociável. Por desfastio, escreveu e publicou alguns folhetins; não agradaram – falavam muito a sério; passou então a dar contos, em prosa e verso; eram observações do real, trabalhadas com estilo, pintavam espirituosamente os costumes e os tipos ridículos do Maranhão (AZEVEDO, 1959, p. 140).

Em meio a tais acontecimentos, a musicalidade das festas e do cotidiano maranhense continuam hibridamente em lúgubre alegria. Durante a festa de São João, quando todos da casa de Manoel Pescada e amigos divertiam-se e depois rezavam a ladainha do padre Lamparinas, eis que se repõe, em meio à comemoração da festa, em meio à alegria, o lúgubre, pois morre subitamente Dona Maria do Carmo. Nesse momento, será larga a cena que interrompe a festa e leva a narrativa ao percurso do velório e de reflexões sobre a doença, a morte e suas liturgias (AZEVEDO, 1959, p. 175-180). Não mais que de repente a situação que era de festa e de alegria "incontinenti tornou-se lúgubre" (AZEVEDO, 1959, p. 176). E o padre Lamparinas, em mais uma senda aberta contra a igreja e religião, só fica chateado com a situação pelo fato de não ter participado da ceia após a ladainha, posto que a morte de Dona do Carmo interrompesse a festa. O que evidencia isso é seu estado furioso, que lhe faz vir à mente o provérbio: "O padre onde canta lá janta!" (AZEVEDO, 1959, p. 177). Não demora e Maria Bárbara passa a achar que os acontecimentos ruins são culpa do mulato. O "cabra" havia trazido consigo agouro e maldição. Além de tudo o tal, segundo a personagem, era herege e maçom – coisa que havia descoberto vendo a capa de um livro de Raimundo que trazia inscrições e simbologias maçônicas (AZEVEDO, 1959, p. 186-188).

À frente, a senda do positivismo se abre quando em discussão sobre religião com o tio Manuel, Raimundo depõe em tom sério que não desdenhava da religião,

> que a julgava até indispensável como elemento regulador da sociedade. Afiançou que admirava a natureza e rendia-lhe o seu culto, procurando estudá-la e conhecê-la nas suas leis e nos seus fenômenos, acompanhando os homens de ciência nas suas investigações, fazendo, enfim, o possível para ser útil aos seus semelhantes, tendo sempre por base a honestidade dos próprios atos (AZEVEDO, 1959, p. 198).

Essas reflexões de Raimundo são de qualidade positivista. Não desmerece a religião, mas lega a esta pura condição funcional. Acha que as leis naturais são soberanas em relação a outras quaisquer. Nesse sentido, ser útil para um semelhante era conhecer essas leis e usá-las em benefício da humanidade, pautado pela honestidade como princípio. Assim, o bem, se havia, estava na natureza e no conhecimento de suas leis, enfim o seu culto era científico, positivo. É nessa senda positivista que nada compromete o encaminhamento da trama, o autor tece, no mesmo trecho, quase que conjugadas, uma senda abolicionista protagonizada, também, por Raimundo:

uma cerrada conversa travou-se entre eles a respeito de crenças religiosas; Raimundo mostrava-se indulgente com o companheiro, mas aborrecia-se, intimamente revoltado por ter de aturá-lo. Da religião passaram a tratar de outras coisas, a que o moço ia respondendo por comprazer; afinal veio à baía a escravatura e Manuel tentou defendê-la; o outro perdeu a paciência, exaltou--se e apostrofou contra ela e contra os que a exerciam, com palavras tão duras e tão sinceras, que o negociante se calou, meio enfiado (AZEVEDO, 1959, p. 198).

Mas se essas sendas sociopolíticas não tecem o desenrolar dos fatos, então, o que empurra a narrativa? O que faz com que todos os fatos, as personagens, e o impulso criativo tenham esteira para se realizarem na ficção? Ora, de forma ambígua, é um fluxo romântico, em meio a sendas realistas, que conduz a história. O eixo da trama sobre o qual tantos outros ganham relevância, sobre o qual se organiza o pensamento do autor sobre a realidade da ficção, sobre o qual o leitor buscará "saber o que vai acontecer" é a paixão de Ana Rosa, a filha branca de Manuel Pescada, por seu primo mulato Raimundo.

A cor da pele, os olhos e os modos de Raimundo atraíam senhoras, moças, viúvas e solteiras de São Luís. O ser ambíguo despertava interesse sexual e a prima branca, filha de portugueses não escapou à exótica beleza do mulato. Eis que o mulato também se afeiçoa à prima. A paixão tomará certos rumos: à surdina da casa grande do pai, entre rezas e choros copiosos da moça e a impotente resistência de Raimundo, os dois, uma branca e um mulato, terão encontros secretos. Os encontros secretos aceleram o amor.

Apaixonado, Raimundo pedirá a mão da prima ao tio, que lhe nega o pedido. Demorou Raimundo saber que a negativa vinha por conta de sua cor de pele. Não queria o pai Manuel Pescada, muito menos a avó Maria Bárbara, tampouco o cônego Diogo, padrinho da moça, ver a jovem casada com um mulato. O pai, por outro lado, preferia ver a filha casada a um de seus caixeiros, o Dias. Era, portanto, preferível ver a filha casada a um pobre branco do que a um mulato rico, como era Raimundo.

Destarte, o segredo que faz com que Manuel não aceite o pedido de Raimundo para casar-se com sua filha serve apenas para Raimundo. Todos os personagens da história e mesmo o leitor já sabem, desde o início, o fato de que Raimundo não seria aceito por ser mulato. Por diversas vezes fica claro que o doutor Raimundo demoraria muito a perceber que suas origens o condenavam.

A ciência de sua condição de mulato e de que nascera escravo só vem na explicação de Manuel quando da negativa do pedido da mão de Ana Rosa em casamento. Raimundo tem, enfim, os dados que o colocam na realidade dos fatos e lhe dão compreensão acerca da sociedade que lhe rejeitava:

A REALIDADE DA FICÇÃO 99

— Recusei-lhe a mão de minha filha, porque o senhor é... é filho de uma escrava...

— Eu?!

— O senhor é um homem de cor!... Infelizmente esta é a verdade...

Raimundo tomou-se lívido. Manuel prosseguiu, no fim de um silêncio:

— Já vê o amigo que não é por mim que lhe recusei Ana Rosa, mas e por tudo! A família de minha mulher sempre foi muito escrupulosa a esse respeito, e como ela é toda a sociedade do Maranhão! Concordo que seja uma asneira; concordo que seja um prejuízo tolo! o senhor porém não imagina o que é por cá a prevenção contra os mulatos!... Nunca me perdoariam um tal casamento; além do que, para realizá-lo, teria que quebrar a promessa que fiz a minha sogra, de não dar a neta senão a um branco de lei, português ou descendente direto de portugueses!... O senhor é um moço muito digno, muito merecedor de consideração, mas... foi forro à pia, e aqui ninguém o ignora

— Eu nasci escravo?!...

— Sim, pesa-me dizê-lo e não o faria se a isso não fosse constrangido, mas o senhor é filho de uma escrava e nasceu também cativo (AZEVEDO, 1959, p. 222).

E o verdadeiro personagem, a grande senda política e social do livro vem à tona. Nasce a consciência de Raimundo sobre sua condição de existência e com ela brota todo torpor. A realidade é que os tradicionalismos que Raimundo antes apenas assistia agora o sucumbiam à ciência de seu próprio ser e o que isso significava. Doutor, homem de ciência, materialmente provido, mas mulato. Tinha tudo e nada tinha. Suas qualificações esvaiam-se no que representava a cor de sua pele. Nem branca, nem negra. Mulata.

O personagem outrora bom, que era candidato a herói, romantizado e preparado para os desafios da trama, se vê perdido em meio às ciladas da sociedade tradicional, escravista e desigual:

> Raimundo, pela primeira vez, sentiu-se infeliz; uma nascente má vontade contra os outros homens formava-se na sua alma até ai limpa e clara; na pureza do seu caráter o desgosto punha a primeira nódoa. E, querendo reagir, uma revolução operava-se dentro dele; ideias turvas, enlodadas de ódio e de vagos desejos de vingança, iam e vinham, atirando-se raivosos contra os sólidos princípios da sua moral e da sua honestidade, como num oceano a tempestade açula contra um rochedo os negros vagalhões encapelados. Uma só palavra bolava à superfície dos seus pensamentos: "Mulato".
> E crescia, crescia, transformando-se em tenebrosa nuvem, que escondia todo o seu passado. Ideia parasita, que estrangulava todas as outras ideias.
> — Mulato!
> Esta só palavra explicava-lhe agora todos os mesquinhos escrúpulos, que a sociedade do Maranhão usara para com ele. Explicava tudo: a frieza de certas famílias a quem visitara; a conversa cortada no momento em que Raimundo se aproximava; as reticências dos que lhe

falavam sobre os seus antepassados; a reserva e a cautela dos que, em sua presença, discutiam questões de raça e de sangue; a razão pela qual D. Amância lhe oferecera um espelho e lhe dissera: "Ora mire-se!" a razão pela qual diante dele chamavam de meninos os moleques da rua. Aquela simples palavra dava-lhe tudo o que ele até aí desejara e negava-lhe tudo ao mesmo tempo, aquela palavra maldita dissolvia as suas dúvidas, justificava o seu passado; mas retirava-lhe a esperança de ser feliz, arrancava-lhe a pátria e a futura família; aquela palavra dizia-lhe brutalmente: "Aqui, desgraçado, nesta miserável terra em que nasceste, só poderás amar uma negra da tua laia! Tua mãe, lembra-te bem, foi escrava! E tu também o foste!"

— Mas, replicava-lhe uma voz interior, que ele mal ouvia na tempestade do seu desespero; a natureza não criou cativos! Tu não tens a menor culpa do que fizeram os outros, e no entanto és castigado amaldiçoado pelos irmãos daqueles justamente que inventaram a escravidão no Brasil!

E na brancura daquele caráter imaculado brotou, esfervilhando logo, uma ninhada de vermes destruidores, onde vinham o ódio, a vingança, a vergonha, o ressentimento, a inveja, a tristeza e a maldade. E no circulo do seu nojo, implacável e extenso, entrava o seu país, e quem este primeiro povoou, e quem então e agora o governava, e seu pai, que o fizera nascer escravo, e sua mãe, que colaborara nesse crime. "Pois então de nada lhe valia ter sido bem educado e instruído; de nada lhe valia ser bom e honesto?... Pois naquela odiosa província, seus conterrâneos veriam nele, eternamente, uma criatura desprezível, a quem repelem todos do seu seio?..." E vinham-lhe então, nítidas luz crua do seu desalento, as mais rasteiras perversidades do Maranhão; as conversas de porta de botica, as pequeninas intrigas que lhe chegavam aos ouvidos por intermédio de entes ociosos e objetos, a que ele nunca olhara senão com desprezo. E toda essa miséria, toda essa imundícia, que até então se lhe revelava aos bocadinhos, fazia agora uma grande nuvem negra no seu espírito, porque, gota a gota, a tempestade se formara. E, no meio desse vendaval, um desejo crescia, um único, o desejo de ser amado, de formar uma família Um abrigo legítimo, onde ele se escondesse para sempre de todos os homens (AZEVEDO, 1959, p. 223-224).

Toda a passagem de tomada de consciência de Raimundo é catártica. É o momento em que as tramas irreal e real se unificam. É a transfiguração da realidade da ficção. Quase todas as sendas anunciadas se fundem em uma estratégia narrativa que anuncia o fato de que a consciência histórica nem sempre liberta os homens, já que, pelo contrário, pode aprisioná-los. Toda a culpa que não era sua, todo o sentido da sociedade tradicional, todo o choque de raças, o lugar no trabalho, todo o seu conhecimento cosmopolita de nada serviam, pois a cor de sua pele esvaía o seu heroísmo. O mulato, na "brancura daquele caráter imaculado brotou, esfervilhando logo, uma ninhada de vermes destruidores, onde vinham o ódio, a vingança, a vergonha, o ressentimento, a inveja, a tristeza e a maldade" (AZEVEDO, 1959, p. 223). Não era mais bom. A sua pele miscigenada uniu-se à ambiguidade de seu caráter, atiçado pelas intempéries da vida social. A realidade, sua história, seu passado, não eram mais lacunas, mas eram agora a principal fresta por onde escapava todo o sentido de sua existência. Saber quem era não lhe colocou, como esperado, em melhor posição, pelo contrário, o fez sucumbir nas inexoráveis redes de sentido desigual da sociedade escravista, rançosamente colonial e provinciana.

E, diante de tal torpor, da consternação e da loucura, não entendia ainda o sentido de ser mulato e

> parou defronte do espelho e mirou-se com muita atenção procurando descobrir no seu rosto descorado alguma coisa, algum sinal, que denunciasse a raça negra. Observou-se bem, afastando o cabelo das fontes; esticando a pele das faces, examinando as ventas e revistando os dentes; acabou por atirar com o espelho sobre a cômoda, possuído de um tédio imenso e sem fundo (AZEVEDO, 1959, p. 229).

Adiante, uma conversa trivial entre personagens secundários fechará o sentido das sendas sociopolíticas. Novamente a passagem cheia de sentido político e social em nada interfere na condução da narrativa. No entanto, questões de raça serão entremeadas a questões políticas e aparecerá uma senda de referência à República. O diálogo que tem início com comentários sobre a negativa de Manuel ao casamento de Raimundo com sua filha toma grande tino crítico. As considerações do personagem subalterno Casusa, articulam reflexões que aludem ao despotismo do Império brasileiro mantido sobre a ignorância das massas e da escravidão. Além disso, há por parte de Casusa uma crítica pesada contra a nobiliarquia que favorece portugueses em detrimento a brasileiros e chega a falar do sistema de governo que, centralista e antifederativo, impunha restrições ao desenvolvimento de certas províncias como o Maranhão. A senda é uma das passagens que mais arrecada *corpus* ao pensamento político embutido na narrativa. Não obstante, outro personagem, Sebastião, que participa da conversa, põe em dúvida o argumento de Casusa de que a República poria fim a todos os problemas políticos e sociais do momento. Essa senda se realiza em um verdadeiro debate político entre as personagens. Um debate político entre o monarquista Sebastião e o republicano Casusa. Ironicamente, em momento alto, o monarquista foge ao debate, dizendo-se acometido por uma rompante dor de dente:

— E o galego?

— Negou-a! diz que porque o outro é mulato!

— Sim, em parte... aprovou Sebastião.

— Ora, deixe disso, seu Campos! Não sei se é porque não tenho irmãs, mas o que lhe asseguro é que preferia o doutor Raimundo da Silva a qualquer desses chouriços da Praia Grande.

— Não! lá isso é que não. Preto é preto! branco é branco! Nada de confusões!

— Digo-lhe então mais! asneira seria a dele se se amarrasse, porque o cabra é atilado às direitas!

— Sim, isso faria... confirmou o Campos entretido a quebrar a caliça da parede com a biqueira do chapéu-de-sol. Aquilo está se perdendo por cá... é homem para uma cidade grande!... Olhe, ele talvez faça futuro no Rio... Você lembra-se do...?

— E segredou um nome ao ouvido do Casusa.

— Ora! como não? Muita vez dei-lhe aos cinco e aos dez tostões para comer, coitado! E hoje, hein?

— É! Foi feliz... mas, quer que lhe diga? não acredito lá essas coisas no futuro deste por causa daquelas ideias de repúblicas... porque, convençam-se por uma vez de uma coisa! A república é muito bonita, é muito boa sim senhor! porém não é ainda para os nossos beiços! A república aqui vinha dar em anarquia!...

— Você exagera, seu Sebastião.

— Não é ainda para os nossos beiços, repito! nós não estamos preparados para a república! O povo não tem instrução! É ignorante! e burro! não conhece os seus direitos!

— Mas venha cá! replicou o Casusa, fechando no ar a sua mão pálida e encardida de cigano. Diz você que o povo não tem instrução; muito bem! Mas, como quer você que o povo seja instruído num país, cuja riqueza se baseia na escravidão e com um sistema de governo que tira a sua vida justamente da ignorância das massas?... Por tal forma, nunca sairemos deste circulo vicioso! Não haverá república enquanto o povo for ignorante, ora, enquanto o governo for monárquico conservará, por conveniência própria, a ignorância do povo; logo – nunca haverá república!

— E será o melhor!...

— Eu então já não penso assim! Acho que ela devia vir, e quanto antes! tomara eu que rebentasse por aí uma revolução: só para ver o que sala! Creio que somente quando tudo isto ferver, a porcaria irá na espuma! E será espuma de sangue, seu Sebastião!... Acredite, meu rico, que não há Maranhão como este! Isto nunca deixará de ser uma colônia portuguesa!... O alto governo não faz caso das províncias do Norte! A tal centralização é um logro para nós! Ao passo que, se isto fosse dividido em departamento, cada província cuidaria de si e havia de ir pra diante, porque não tinha de trabalhar para a Corte! a insaciável cortesã! – E o Casusa gesticulava indignado. – Mas o que quer você?! O governo tem parentes, tem afilhados, tem comitivas, tem salvas, tem maçapães, tem o diabo! e para isso é preciso cobre! cobre! O povo esta aí, que pague! Tome imposto pra baixo e deixa correr o pau para Caxias!

E, chegando a boca a uma orelha do outro: – Olhe meu Sebastião, aqui no Brasil vale mais a pena ser estrangeiro que filho da terra!... Você não está vendo todos os dias os nacionais perseguidos e desrespeitados, ao passo que os portugueses vão se enchendo, vão se enchendo, e as duas por três são comendadores são barões, são tudo! Uma revolução! Exclamou repelindo o Campos com ambas as mãos Uma revolução é do que precisamos!

— Qual revolução o quê! Você é um criançola seu Casusa e ainda não pensa seriamente na vida! Deixe estar que em tempo julgará as coisas a meu modo, porque em nossa terra. Que idade tem você?

— Entrei nos vinte e seis.

— Eu tenho quarenta e quatro... em nossa terra estão se vendo constantemente entradas de leão e saídas de sendeiro!... Você acha que a república convinha ao Brasil! pois bem... Ai!

— O que é?

— O dente! diabo!

E, depois de uma pausa.

— Adeus. Até logo, disse cobrindo o rosto com o lenço e afastando-se.

— Olhe! Espere, seu Sebastião gritava o Casusa, querendo detê-lo, empenhado na palestra (AZEVEDO, 1959, p. 243-245).

Nas últimas partes do livro, depois da catarse que se realiza com o conhecimento de Raimundo sobre suas verdadeiras origens, não cessam as sendas que atinam a pena sobre os males da escravidão. A passagem que segue é crivada de reforçadas sendas que sugerem atitude crítica e abolicionista. As reflexões são todas de Raimundo. A principal vítima da história converte-se em propagador de ideias críticas contra o sistema de espoliação das gentes cativas. O protagonismo quase romântico de Raimundo converte-se em um protagonismo político. Ele é agora, através de suas reflexões sobre si e seu meio, portador da crítica política e social de seu tempo. Pois,

Raimundo revoltava-se. "Pois, melhores que fossem as suas intenções todos ali o evitavam, porque a sua pobre mãe era preta e fora escrava? Mas que culpa tinha ele em não ser branco e não ter nascido livre? Não lhe permitam casar com uma branca? De acordo! Vá que tivessem razão! mas por que insultá-lo e persegui-lo? Ah! amaldiçoada fosse aquela maldita raça de contrabandistas que introduziu o africano no Brasil! Maldita! mil vezes maldita! Com ele quantos desgraçados não sofriam o mesmo desespero e a mesma humilhação sem remédio? E quantos outros não gemiam no tronco, debaixo do relho? E lembrar-se que ainda havia surras e assassínios irresponsáveis tanto nas fazendas como nas capitais!... Lembrar-se de que ainda nasciam cativos porque muitos fazendeiros, palavrados com o vigário da freguesia batizavam ingênuos como nascidos antes da lei do ventre livre!... Lembrar-se que a consequência de tanta perversidade seda uma geração de infelizes, que teriam de passar por aquele inferno em que ele agora se debatia vencido! E ainda o governo tinha escrúpulo de acabar por uma vez com a escravatura; ainda dizia descaradamente que o negro era uma propriedade, como se o roubo, por ser comprado e revendido em primeira mão ou em segunda, ou em milésima, deixasse por isso de ser um roubo para ser uma propriedade! (AZEVEDO, 1959, p. 246).

Mais adiante, ironicamente, Raimundo assina a carta de despedida que mandou a Ana Rosa: "Teu escravo, Raimundo." (AZEVEDO, 1959, p. 260). Ainda no tecer das sendas por meio do protagonismo de Raimundo há passagem em que o personagem explicando a inexorabilidade dos fatos a sua amada argumenta:

Se soubesses, porém, quanto custa ouvir cara a cara: "Não lhe dou minha filha, porque o senhor é indigno dela, o senhor é filho de uma escrava!" Se me dissessem: "É porque é pobre!" que diabo! – eu trabalharia! se me dissessem: "porque não tem uma posição social!" juro-te que a conquistaria, fosse como fosse! "Porque é um infame! um ladrão! um miserável!" eu me comprometeria a fazer de mim o melhor modelo dos homens de bem! Mas um ex-escravo, um filho de negra, um – mulato! – E, como hei de transformar todo meu sangue, gota por gota? como hei de apagar a minha história da lembrança de toda esta gente que me detesta?[...] (AZEVEDO, 1959, p. 266).

Assim, de forma ambígua e contraditoriamente formal, o fundo romântico, o amor entre Raimundo e Ana Rosa, traz todo o realismo e faz surgir toda a ambiência da sociedade desigual que sustenta a narrativa.

A senda de crítica ao clero em potência na figura do cônego Diogo torna-se mais ativa, também, nas últimas passagens do romance, pois o cônego vai se tornando personagem mais dinâmico e empreende verdadeira estratégia de guerra para impedir o casamento de Ana Rosa e Raimundo. Leia-se, para impedir o casamento de uma branca com um mulato, buscando impedir a desagregação do sistema. A igreja, um seu representante, portanto, é a mantenedora da continuidade da desigualdade. Em certo momento, valendo-se de argumentos religiosos, diz o cônego à Ana Rosa, na intenção de dissuadi-la do casamento com o mulato:

— E não se lembra com isso, ofende a Deus [...] Ofende, porque desobedece a seus pais; ofende porque agasalha no seio uma paixão reprovada por toda a sociedade e principalmente por sua família; e ofende, porque com semelhante união, condenará seus futuros filhos a um destino ignóbil e acabrunhado de misérias! Ana Rosa, esse Raimundo tem a alma tão negra como o sangue! além de mulato, é um homem mau sem religião, sem temor de Deus! É um – pedreiro livre! – é um ateu! Desgraçada daquela que se unir a semelhante monstro!... O inferno aí está, que o prova! o inferno aí está carregado dessas infelizes, que não tiveram, coitadas! um bom amigo que as aconselhasse, como te estou eu aconselhando neste momento!... Vê bem! repara, minha afilhada, tens o abismo a teus pés! mede, ao menos, o precipício que te ameaça!... A mim, como pastor e como padrinho, compete defender-te! Não cairás, porque eu não deixo! (AZEVEDO, 1959, p. 282).

Esse influxo romântico embebido no realismo do clero pervertido e do preconceito racial encaminhará uma ambiguidade à forma do romance. O autor sustenta a realidade da ficção com uma gravidez indesejada que se levada a cabo nove meses, traria a luz mais um ser ambíguo. O cônego logo se encarrega de criar condições para que a "desgraça" não se consume.

Mais uma vez é a figura do padre que vem assegurar a continuidade da injustiça e, por fim, do principal fluxo da história carregando-a para o realismo. O cônego Diogo convencerá o pretendente de Ana Rosa, Dias, que era caixeiro de Manuel Pescada, a criar emboscada para o mulato.

A essa altura, Ana Rosa e Raimundo já combinaram fuga, que será frustrada pela agência do cônego Diogo. Já a vida de Raimundo, na última parte do livro, será tirada pelo branco, pobre, caixeiro. De fato, não se pode ver no Dias um vilão já que toda estratégia partiu do cônego. O inocente caixeiro é convencido pela saída violenta. O mulato foi morto por uma bala disparada de uma pistola dada ao Dias pelo cônego Diogo. A melodia da narrativa é interrompida pelas "lúgubres badaladas" que anunciava, na Sé, a morte de Raimundo (AZEVEDO, 1959, p. 312). Ana Rosa aborta diante do trauma. Consuma-se a tragédia.

Em passagem realista, pouco tempo depois, no epílogo, Raimundo era de todo esquecido por todos da cidade. Ana Rosa aparece casada e com três filhos de Dias. O mulato foi vencido. Sai vitorioso o meio, a vontade religiosa e a tradição.

Assim é a trama romântica, contada aqui, *grosso modo*, que mantém a narrativa viva e pronta a receber todo o influxo realista. Combinam-se, de forma ambígua, um fluxo romântico em que os maniqueísmos práticos das personagens se articulam a uma complexa rede de influxos da realidade, em que o preconceito racial, a crítica ao clero e a desigualdade social são motes para a formação da ação.

Raimundo quase sempre isolado, mesmo rico e de bons costumes, pode pouco frente aos pesados arranjos da sociedade escravista. O meio o mata. De maneira vil seu algoz, Dias, não está a sua altura, mas é branco. E por ser branco a ele será permitida a mão de Ana Rosa. O mulato foi vencido pelo meio escravista e católico.

Assim, na ambígua rede de sentidos e nas sendas criadas pelo autor é possível apreender algumas chaves de entendimento, algumas tipologias que contribuem para a caracterização das sendas políticas e sociais de *O Mulato*.

Há, em primeiro lugar, uma natureza ambígua da obra. É impossível classificar *O Mulato*. Classificá-lo como realista, romântico ou naturalista e elencar os pontos que confirmem o princípio classificador são tarefas enfadonhas. A natureza da narrativa é a natureza da realidade que, assim como na própria obra, por vezes é ambígua. Mas, ainda que se faça um esforço classificatório pode-se, então, tachá-lo de romance social.

A sua natureza ambígua é resultado de uma narrativa de superfície romântica com profundidades abissais de crítica social. Passagens importantes para a composição da trama, do romance entre Raimundo e Ana Rosa são entremeadas a sendas de visível conteúdo político. O autor utiliza o caso amoroso quase que como um artifício para interessar o leitor às outras questões presentes no enredo, às sendas políticas e sociais da narrativa.

A alegria lúgubre, o amor funesto, o padre mau, o mulato, toda uma dialética incompleta faz da narrativa um complexo de combinações de ingredientes de modelos literários. A realidade perturba a ficção que não se deixa encaminhar pela segura via romântica. Ao mesmo tempo a segura via romântica não deixa que os ingredientes da realidade tomem por completo a narrativa. A realidade da ficção de *O Mulato* é fruto de uma natureza ambígua.

Além disso, há também uma *anima* ambígua das personagens. O protagonista, Raimundo, é homem de posses, bons costumes, estudado, desejado por mulheres, mas é mulato, inconsciente de sua origem e papel sociais. Sua riqueza, posses, estudos e bons costumes encontram a barreira da cor. É como se sua ambiguidade étnica o destituísse de suas posses materiais e morais. Não há heroísmo possível, mesmo tendo a personagem toda pintura romântica que um mulato de olhos azuis pode possuir. O mundo social – pintado como real – é uma barreira intransponível para a realização da típica personagem romântica. A personagem não se realiza por completo.

Ana Rosa é branca, meiga, rica e protegida. Durante toda a narrativa estamos diante da inocência e de mais uma vítima das combinações da sociedade escravagista. Não pode realizar-se totalmente como mulher porque está imersa na sanha de uma paixão por homem de cor. No entanto, ela revela toda sua ambiguidade, toda sua deficiência moral adquirida na realidade humana, quando ao fim aparece casada com o assassino do mulato. A essa altura, completamente esquecida da paixão de e pelo falecido Raimundo a moça "ia toda se saracoteando, muito preocupada em apanhar a cauda do vestido, e pensando, naturalmente, nos seus três filhinhos, que ficaram em casa a dormir" (AZEVEDO, 1959, p. 320).

Raimundo não se realiza por completo por conta de sua *anima* ambígua. Mas Ana Rosa se realiza por completo. Casa-se, tem filhos, vive feliz com o homem escolhido por seu pai. E da pretensão a ser noiva do mulato ao casamento com o assassino deste, mostra, também toda sua ambiguidade.

O cônego Diogo é padre, mas é o próprio diabo. É o vilão da história, o malfeitor e o pérfido estrategista. Ele é o portador das tragédias que envolvem toda a família do mulato, mas é, ao mesmo tempo, um símbolo religioso, que será muitas vezes descrito com características mimosas. Sua *"anima* ambígua", no entanto, pode ser caracterizada na ideia "padre mau".

As *animas* ambíguas de Raimundo, Ana Rosa e cônego Diogo, são, direta e respectivamente, efeitos de três grandes sendas políticas e sociais de *O Mulato:* o preconceito racial; a sociedade patriarcal e o poder do clero.

Por fim, denota-se uma sociabilidade ambivalente: os rumos das ações, a orientação das personagens, seus comentários e hábitos, suas relações são realizadas no influxo dos interesses gerais. Não há autonomia e individualidade. Mesmo as relações mais íntimas e pessoais são resolvidas no conjunto das personagens e entremeadas às três sendas imperativas.

Os interesses cruzados, as trocas de favores, as relações entrecortadas pelo imperativo da vontade coletiva patriarcal, do preconceito racial e da moral religiosa impedem qualquer passo de autonomia. Mesmo a fuga do sistema – tentativa empreendida por Raimundo e Ana Rosa – é falível diante do peso dos pessoalismos.

De autonomia frustrada, entrechoque de interesses, troca de favores, mandos patriarcais, falácia religiosa é animada a ambivalente sociabilidade entre as personagens de *O Mulato.*

As sendas políticas e sociais de *O Mulato* são o veio crítico de obra cujo autor preocupa-se, sobretudo, com a verossimilhança de seu espaço, suas personagens, sua ambiência. Revela-se em cada linha da narrativa a tentativa de um fazer literário pretensioso que quer explorar a realidade e extrapolála com a ficção. Daí decorrem provocações intermitentes que se acendem e se apagam nos diálogos, nas ações e nas descrições da narrativa e seus personagens.

O personagem real, no entanto, tão ambíguo quantos os seus personagens e vivendo em sociedade tão ambígua como a retratada na narrativa, é Aluísio Azevedo. Essa personagem, por trás de todas as outras, tentou imprimir em cada uma, as dualidades e as incompreensões de uma vivência em país de modernidade incompleta. Em busca do entendimento dessa personagem é que discorreremos o próximo capítulo.

capítulo 3

# ALUÍSIO AZEVEDO E
# O PENSAMENTO BRASILEIRO

Tentar construir o perfil ideológico do autor de *O Mulato* é de um lado compreender os pontos de contato de Aluísio Azevedo com o cadinho de ideias importadas pelas quais se apaixonavam corações e mentes de sua época. Por outro lado, e o que nos leva na mesma direção do primeiro movimento, é perseguir a ação social do sujeito Aluísio Azevedo, nesse caso uma ação social quase sempre fincada na produção artística. É, portanto, esquadrinhando as modalidades de atuação artística de Aluísio Azevedo que objetivaremos uma composição do pensamento do autor e isso não sem nos determos, em diversos momentos, às relações intelectuais do autor com personalidades coevas.

Assim, o intuito deste capítulo é transgredir a análise interna realizada na segunda parte e empreender uma análise externa ao romance que aprofunde questões enunciadas na primeira, procurando nas produções de Aluísio Azevedo, anteriores e posteriores à publicação de *O Mulato*, marcadamente no desenho e na literatura, as gramáticas que possibilitem uma compreensão acerca do contato do autor com intelectuais e ideias de seu tempo. As gramáticas que perseguiremos serão, mormente, as de cunho político tais como o republicanismo e o positivismo – ideias tão advertidamente incompatíveis com a realidade brasileira escravista e de liberalismo frustrado.[1]

## Desenho, imprensa, poesia e positivismo

A atuação de Aluísio Azevedo como artista não começa no romance. Desde tenra idade seu verdadeiro interesse mirava a pintura e o desenho. Essa atuação em plena juventude é que nos leva para o ano de 1876, quando, ainda antes de escrever *O Mulato*, Aluísio Azevedo partiu para o Rio de Janeiro a fim de estudar na Imperial Academia de Belas Artes. Esse primeiro interesse pelo desenho, combinado a um talento de faro crítico e ao apoio incondicional do irmão Arthur Azevedo, garantiu espaço para algumas contribuições como ilustrador em jornais do Rio de Janeiro.[2] A partir daí muitas são as pistas que podemos perseguir em busca de

---

[1] Elementos desse capítulo serviram de base para reflexões ensaiadas pelo autor em *Crítica, romance e positivismo em Aluísio Azevedo*. Disponível nos anais do XV Congresso da Sociedade Brasileira de Sociologia (2011): http://www.sbsociologia.com.br

[2] Sobre esse aspecto, ainda que de forma um tanto quanto romanceada, registrou Antonio Dimas: "seu grande sonho, todavia, era estudar pintura em Roma. O pai disse não. O filho não desistiu: juntou algum dinheiro, abreviou o itinerário e foi embora para o Rio de Janeiro, onde já

um entendimento sobre sua visão de mundo, ou seja, a sua visão sobre o Brasil do segundo reinado.

Entre 1876 e 1878 Aluísio Azevedo contribui com dezenas de ilustrações, charges e caricaturas para as páginas de *O Mequetrefe*, *O Fígaro*, *Semana Ilustrada*, *Zig-Zag* e, *Comédia Popular*, todos jornais cariocas de alguma expressão e de tino crítico ao Império e à figura de Dom Pedro II.[3]

Aqui, muito embora não constituam as caricaturas e charges de Aluísio Azevedo objetos centrais de nosso trabalho, é preciso que nos detenhamos um pouco para analisar alguns fatores que decorrem dessa primeira atividade como artista que nos serão caros à caracterização do pensamento e da ação política do futuro romancista.

Em primeiro lugar, devemos ressaltar que, com pouco mais de vinte anos, Aluísio Azevedo começou a carreira artística, de forma propriamente dita, como participante ativo na imprensa contribuindo para os referidos jornais como desenhista.

morava o mano Artur, dois anos mais velho, futuro teatrólogo de fama." (DIMAS, 1980, p. 3).

3   Foram diversos os jornais surgidos na segunda metade do século XIX que tinham como centro de suas pautas a contestação à monarquia e a discussão de novas propostas políticas para o Brasil. Nos jornais deste tipo no Rio de Janeiro, publicavam-se, como nos diz Ângela Alonso "cartuns e artigos de achincalhe político e deboche aberto. Reclamavam da patronagem no preenchimento de cargos públicos, ridicularizavam a família imperial, ironizavam a distribuição de títulos nobiliárquicos e condecorações. Contribuíram decisivamente para dessacralizar a monarquia" (ALONSO, 2002, 295-296). Fica claro em que tipo de instrumento da imprensa Aluísio Azevedo atuou, na corte, como ilustrador.

Esse trabalho, ao que consta, foi arranjado pelo irmão Arthur Azevedo que à época já era bastante conhecido como jornalista e dramaturgo no Rio de Janeiro, colocou Aluísio em contato com o poder de disseminação da imprensa e, ao mesmo tempo, com a sátira política e social.

Alguns dos principais periódicos impressos em fins dos anos 1870 no Rio de Janeiro eram dedicados aos debates em contexto no segundo reinado. Temas como a "escravidão, a vida política e social, a questão religiosa, o movimento das ideias, a vida literária e artística alimentavam a inspiração dos desenhistas e escritores satíricos" (MÉRIAN, 1988, p. 106).

Assim é que, antes de aparecer o escritor do folhetinesco *Uma Lágrima de Mulher* ou do polêmico *O Mulato*, já havia despontado através do desenho satírico o ímpeto crítico de Aluísio. E é a partir de algumas dessas ilustrações que podemos identificar um desenhista tributário de ideias republicanas, abolicionistas e positivistas que atinava a pena e o nanquim contra a ordem imperial e Dom Pedro II. Em seguida algumas das ilustrações concebidas por Aluísio Azevedo seguidas de pequena análise poderão confirmar algumas de suas predileções políticas, antes mesmo de se tornar romancista.

A ilustração (Figura 2) feita para *O Mequetrefe*, em 1878 faz uma espécie de profecia para o século XX a partir do qual ocorreria o "juízo final" da Igreja, pois a moral de Auguste Comte baseada na ciência e no positivismo levaria a liberdade a todo o povo com uma nova filosofia política. O jovem Aluísio Azevedo, com pouco mais de 21 anos, já demonstrava, ilustrando o panfleto republicano, que articulava muito bem os princípios do positivismo francês à crítica ao segundo reinado. Podemos depreender que o então desenhista concebia uma crítica direta ao clero posicionando-o como agente estatal – posto que a Igreja era entidade constitucionalmente relacionada ao sistema imperial sendo responsável, inclusive, pelo registro civil – e, na crítica de Aluísio, responsável pelo obscurantismo e pelo atraso. A saída política de tal mazela estaria na ascensão da liberdade por meio da ciência e de uma nova política que, com um novo sol, iluminaria o século XX. A sugestão de Aluísio Azevedo se levada a cabo considerando as proposições de Auguste Comte indica que os tempos que se aproximavam trariam a última fase da história: a científica, sucessora das fases religiosa e metafísica.[4] Tal ilustração certamente não seria concebida por artista pouco habituado a certas leituras e certa ideologia, filosofia e política, como, nesse caso, a do positivismo que, como fartamente estudado em diversas pesquisas, em muito condicionou o imaginário e a ascensão da república no Brasil.[5]

---

4   Para compreensão de A Filosofia Positiva ver a seleção de textos em *Os Pensadores*: Comte. Abril Cultural, 1983.

5   São diversas as pesquisas sobre os condicionamentos positivistas que teve o imaginário e a ascensão republicana no Brasil. Marcadamente a geração de intelectuais de 1870 é a que mais tornou público o debate contra o Império a partir de uma proposta republicana positivista. Entre os principais estudos figuram CARVALHO, J. M. *A formação das almas*: o imaginário da república no Brasil. São Paulo: Companhia das Letras, 1990; ALONSO, Ângela. *Ideias em movimento*: a geração 1870 na crise do Brasil-Império. São Paulo: Paz e Terra, 2002; e LINS, Ivan. *História do positivismo no Brasil*. São Paulo: Companhia Editora Nacional, 1967.

Sobre essa ilustração, registrou Ivan Lins em passagem de seu *História do Positivismo no Brasil*:

> Em várias de suas obras, deixa Aluísio transparecer a influência que sobre a sua formação exerceu Augusto Comte, a cuja glória consagra, no Rio, em 1878, uma de suas melhores ilustrações no *Mequetrefe*. Destaca-se essa ilustração, no dizer de Josué Montello, pelo cuidado no acabamento e pela felicidade do motivo, "visão do século XX, charge muito viva, onde estão previstos, com certo espírito de combate à Igreja, a glória de Augusto Comte e o esplendor do positivismo". Um estudo ainda por fazer é o de assinalar, nos livros de Aluísio Azevedo, os traços da influência sobre ele exercida pelo positivismo (LINS, 1967, p. 109).

Em outra ilustração (Figura 3) feita também para *O Mequetrefe* em 1877, Aluísio Azevedo mostra um D. Pedro II tentando se equilibrar. Ao seu lado, os ratos do partido conservador e do partido liberal lutam sem perceber a presença do gato República que à espreita espera a hora certa de devorar os opositores. Nessa ilustração, a crítica de Aluísio ao Império e marcadamente à figura de Dom Pedro II, que no desenho aparece patinando com semblante tolo, fica clara. Os correligionários dos partidos do Império são representados como ratos, rebaixando-os muito, portanto, na escala evolutiva e igualando-os a seres ligados às doenças e infestações. Esperto e a espreita está o gato, animal que porá fim às mazelas espalhadas pelos roedores. O felino é sugestivamente batizado de República, representando, portanto, o sistema que porá fim ao regime monárquico e desestruturará Dom Pedro II e a nobreza.

Além disso, a crítica ao clero e à monarquia dão o tom político a outra ilustração de Aluísio Azevedo publicada em 1877, ainda em *O Mequetrefe* (Figura 4). A "Idade de Ouro" traz a figura de um índio representando a vida e a liberdade. À direita a silhueta do primeiro imperador declara a falsa independência ao mesmo tempo em que pisoteia o povo, marcando assim a "Idade de Bronze". No meio a "Civilização" brasileira que marca a "Idade da Folha de Flandres" aparece sendo embriagada pelo clero e embevecida pela política caracterizada com a figura de uma prostituta. Note-se que a política e a igreja têm o mesmo centro de interesse na nobreza e ambas são responsáveis por sua ebriedade.

Figura 2 – Juízo Final

Fonte: *O Mequetrefe*, Rio de Janeiro, 1878.[6]

---

6   Imagem digitalizada a partir de MENEZES, 1958.

Figura 3 – O gato República

Fonte: *O Mequetrefe*, nº 106, Rio de Janeiro, 17/07/1877[7]

---

[7] Imagem digitalizada a partir de MÉRIAN, 1988.

Figura 4 – As três idades

Fonte: *O Mequetrefe*, nº 94, Rio de Janeiro, 19/03/1877[8]

---
8   *Idem* à nota 22.

A REALIDADE DA FICÇÃO 129

Ademais, são muitas as caricaturas, charges e ilustrações de Aluísio no período que provam que o autor:

> não debatia apenas ideias políticas, [mas que] como caricaturista entrava decididamente em ação. Podemos dizer que nesse campo, suas concepções foram se fortalecendo naquela época e mantiveram-se sempre intactas. De fato, doze anos mais tarde participaria ativamente na construção da República (MÉRIAN, 1988, p. 115).

Acrescenta, Ivan Lins, a esse respeito, que:

> nos demais jornais e revistas dos últimos decênios do século passado (XIX) frequentemente se encontram artigos influenciados pelo positivismo. Assim, podemos ver, [...] em 1877, *O Mequetrefe*, de Aluísio Azevedo, que já havia publicado, na capa de número anterior, retratos de Miguel Lemos e Teixeira Mendes, consagra uma página inteira a exaltação de Comte e sua obra (LINS, 1967, p. 245).

Mas Aluísio Azevedo não se deteve apenas à composição de ilustrações. Seu tino anticlerical, embasado nas ideias do positivismo também teve ressonâncias em alguns dos poemas que escreveu para *O Mequetrefe*. Podemos dizer que Aluísio não progrediu como poeta, e que certamente também não tinha pretensões de sê-lo, mas alguns de seus poemas deixam importantes pistas acerca de seu pensamento político. Assim, selecionamos abaixo alguns trechos do poema *Decepção* que, publicado em 22 de janeiro de 1877, traz um campo semântico bastante afeiçoado ao positivismo. Humanidade, progresso, ciência são só algumas das palavras utilizadas pelo autor para lavrar versos positivistas e anticlericais que, ao mesmo tempo, servem como instrumento de denúncia da exploração do povo por parte da Igreja:

> Ó rico tabernáculo! Ó Santa Madre Igreja,
> Por que queres que o pobre, o pobrezinho seja
> Dos mandamentos teu sustentador acérrimo
> Para a vida ganhar com seu suar ubérrimo
> Não vês, falsa tribuna, a rota do progresso
> Que vai tornando agora o mundo mui diverso
> Não sentes esmagar o teu poder o pulso,
> Que vibra contra ti um século convulso?
> [...]
> Não! Só pode confiar no Deus crucificado
> O homem que viveu na treva do pecado,
> Ou, cego não bebeu na fonte da verdade
> A luz da inteligência. A ti, humanidade
> Que do remorso o peso oprimi-te a cabeça
> [...]
> Se és o grande mar dos rios de dinheiro;
> Ó vã religião! É que neste universo
> A ignorância é vasta e pálido o progresso;
> [...]
> Nós não queremos fé na cruz do "Redentor"

Queremos a instrução! Queremos o vapor!
Queremos a ciência! Eletricidade, luz! Luz!
Precisamos lutar! Lutar contra o Jesus
Que roubou da ciência efeitos do milagre
[...]
E quando te faltar o brilho da existência
Entrega-te ao teu Deus – o Deus da Consciência!
(AZEVEDO, 1877 apud MENEZES, 1958, p. 74).

Como arremate e confirmação de que Aluísio Azevedo em muito bebeu na fonte de sua época, principalmente na fonte do positivismo, e, também, para que se ponha de forma ainda mais clara a ressonância dessa tendência filosófica de seu tempo em seu pensamento, trasladamos trechos do poema *Resposta à carta da Exma. Viscondessa*, escrito pelo autor em setembro de 1878:

> Viscondessa, perdão, se esta missiva,
> Pesada, como é na sua essência,
> Importuna magoar Vossa Excelência
> Como um bafo grosseiro à sensitiva
>
> Porém me cumpre declarar com urgência
> Que, lendo a *Filosofia Positiva*,
> Se bem que aquele assunto não me sirva,
> Sobremodo impressionou-me a tal ciência.
>
> E desde então, querida Viscondessa,
> Por mais que me jurem coisas do infinito,

> Dessa ideia não logram que me desça;
>
> Consenti, pois, dizer o que repito,
>
> Inda que isso a vós mal vos pareça
>
> - Em alma, Deus e céus não acredito.
>
> (AZEVEDO, 1878 apud MENEZES, 1958, p. 93).

Embora não tenha sido no Rio de Janeiro que Aluísio Azevedo estreou nas letras, vimos que foi nessa cidade que o artista manteve relações íntimas com a imprensa de seu tempo, relações estas que não se restringiram a simples tarefa de garantia do meio de vida. Em meio à produção de suas charges e versos, Aluísio ilustrou diversos reclames de lojas e produtos, mas quando se tratava de deitar a pena contra o Império e a Igreja, aparecia o artista cheio de percepções políticas, ambientado às polêmicas de seu tempo e que, mesmo ainda muito jovem e recém-chegado à corte, não se intimidou a desatar críticas políticas e sociais. O positivismo é a doutrina que dará suporte a estas críticas.

As contribuições na imprensa carioca cessam em meados de 1878, quando Aluísio Azevedo regressou à província de São Luís do Maranhão. Em agosto daquele ano seu pai havia falecido e ficou Aluísio encarregado de cuidar dos negócios da família. No ínterim dos processos de resolução dos negócios o jovem Aluísio Azevedo encontrou tempo para se dedicar ao seu primeiro romance. No ímpeto de realizar uma narrativa de moldes tradicionais, impregnada de amor romântico e paisagens italianas é que Aluísio escreveu, entre os fins de 1878 e início de 1879, o romance intitulado *Uma Lágrima de Mulher* (1879).

A edição de 160 páginas de *Uma Lágrima de Mulher*, lançada em abril de 1879, era o típico romance-folhetim do século XIX, feito para o gosto das jovens leitoras de família. Na província do Maranhão, o livro fez algum sucesso e a crítica chegou a comentar em tom positivo a produção do jovem escritor maranhense. Embora tenha havido comentários acerca de que a narrativa continha alguns problemas de estrutura, tais comentários não vinham sem o reconhecimento de que por trás de *Uma Lágrima de Mulher* havia um futuro romancista de qualidade.

Mas, o que nos intriga é o fato de que o jovem caricaturista combativo dos jornais cariocas estreou em literatura com um romance de enredo completamente desligado das questões políticas e sociais. O Aluísio de *Uma Lágrima de Mulher* em nada se assemelhava com o Aluísio que desenhava para as folhas progressistas da corte. Tal disparidade gerou muito comentário entre críticos e analistas de sua obra. As teses vão ao encontro da hipótese de que a obra de Aluísio era "naturalmente" híbrida, entre o engajado e o comercial – tanto que começava a carreira de escritor em descompasso total com o que faria em seu segundo livro, *O Mulato* – levando até mesmo a elucubrações de que não teria sido o autor de *Uma Lágrima de Mulher* entre os anos de 1878 e 1879. Segundo essa hipótese, o primeiro livro de Aluísio seria fruto de algum escrito da adolescência ou início da juventude que o autor teria resgatado de alguma gaveta a fim de, "simplesmente", estrear nas letras.⁹ De todo modo, já em *O Mulato*, "que saiu em 1881, evidente é o reflexo da influência positivista [...]" (LINS, 1967, p. 470).

Seja qual tenha sido o verdadeiro período ou motivo de gestação de *Uma Lágrima de Mulher*, isso não nos parece importante, pois a história de amor folhetinesca que se passa na cidade italiana de Lipari em nada contribui para perseguir o pensamento político e social de Aluísio Azevedo em relação ao Brasil e tão pouco interfere, seja em forma ou conteúdo, nos escritos posteriores do autor que terão como cenário a vida e os costumes do Maranhão e do Rio de Janeiro.

De todo modo, cabe-nos, ainda, no próximo tópico de nosso estudo, investigar um pouco as relações de Aluísio Azevedo com outros intelectuais de sua época, bem como sua atuação em alguns episódios políticos que se envolvera, no Maranhão, à véspera da feitura e publicação de *O Mulato*.

## O círculo intelectual e o anticlericalismo

Depois da atuação de Aluísio Azevedo como ilustrador e colaborador na imprensa do Rio de Janeiro, são fatores contemporâneos à publicação do insípido *Uma lágrima de mulher* que nos dão importantes pistas acerca da formação do pensamento

---

9   Sobre esses aspectos ver: PEREIRA, Lúcia Miguel. Aluísio Azevedo. In: AZEVEDO, Aluísio. *Uma Lágrima de Mulher*. São Paulo: Livraria Martins Editora, 1960, e MÉRIAN, Jean-Yves. Uma lágrima de mulher, romance de 1879? In: MÉRIAN, Jean-Yves. *Aluísio Azevedo, Vida e Obra (1857-1913):* O verdadeiro Brasil do século XIX. Rio de Janeiro: Espaço e Tempo, 1988.

crítico de Aluísio Azevedo. Lembremos que após sua estadia no Rio de Janeiro, Aluísio que ainda não era romancista, regressou para a província do Maranhão por conta do falecimento de seu pai. Nessa época, depois do retorno ao Maranhão e da publicação de *Uma Lágrima de Mulher* (1879) são dois os acontecimentos importantes que enriquecem a nossa investigação e contribuem para entender o aparecimento de seu segundo romance *O Mulato* (1881): o contato do autor com o intelectual Celso Magalhães e o episódio de litígio público entre o clero e a juventude anticlerical[10] maranhenses.

O maranhense Celso da Cunha Magalhães (1849-1879) era um jurista formado pela Faculdade de Direito de Recife. Como promotor público atuou na província do Maranhão, a partir de 1878, como defensor de escravos vítimas de maus-tratos de suas senhoras e senhores. Publicamente tinha perfil liberal apesar de, contraditoriamente, ser ligado ao Partido Conservador. Celso de Magalhães faleceu em 1879, ano de publicação do primeiro livro de Aluísio Azevedo, mas não "deixou de influir na geração literária que, logo a seguir,

---

10  Aqui vale nota para esclarecer o que significa, em termos conceituais, o termo Anticlericalismo. Boa definição está no verbete de Norberto Bobbio que registra que "através deste termo se designa geralmente um conjunto de ideias e de comportamentos polêmicos a respeito do clero católico, do CLERICALISMO (v.) e do CONFESSIONALISMO (v.), isto é, daquela que é considerada a tendência do poder eclesiástico a fazer sair a religião do seu âmbito para invadir e dominar o âmbito da sociedade civil e do Estado; posição polêmica, que se estende também a grupos, partidos, Governos e indivíduos que apoiam esta tendência (BOBBIO, 1998, p. 32).

assumiu posição de clara beligerância no panorama intelectual da província" (MONTELLO, 1975, p. 41). E acrescenta-se que, nesse tempo, Aluísio Azevedo "estreita relações com Celso Magalhães, dono de amplo conhecimento literário, espírito inquieto e debatedor de ideias novas que leva para a discussão nas colunas do jornal." (GÓES, 1959, p. 10). Os dois anos seguintes à morte do pai Aluísio passou, em muitas ocasiões, ao lado da personalidade progressista de Celso de Magalhães. De certo que foram colegas e que muito conversaram sobre política e literatura (MENEZES, 1958, p. 82) e que, sendo Magalhães mais velho, exerceu em Aluísio certas orientações, pois "seria Celso, em São Luís, o líder intelectual, capaz de influir decisivamente nos jovens escritores. A ação que exerceu, nos meios em que atuou culturalmente, confirma-lhe essa liderança" (MONTELLO, 1975, p. 42).

Ademais, uma novela de Celso de Magalhães intitulada *Um Estudo de Temperamento*, parcialmente e postumamente publicada em 1881, traz excêntricos ingredientes estéticos e filosóficos que, coincidentemente, aparecerão, mais adiante, nos livros de Aluísio Azevedo, sobretudo em *O Mulato*. *Um Estudo de Temperamento* tem como cenário a província do Maranhão e é concebido sob a força de uma narrativa extremamente descritiva e cientificista que traz personagens tipificados como Antonio Alves, metáfora para explicitação do ideário do positivismo (MARTINS, 1996, p. 106).

E é com esse tino que,

tendo assistido ainda ao aparecimento de *Uma Lágrima de Mulher,* Celso de Magalhães há de ter atraído o jovem conterrâneo e amigo para o novo molde do romance, mais ajustado à combatividade e ao espírito de observação de Aluísio Azevedo (MONTELLO, 1975, p. 42).

A despeito da boa pista de que Celso de Magalhães tenha sido relevante para os caminhos seguidos por Aluísio Azevedo, não podemos inferir que só dele veio o caldo de cultura crítica do autor, mesmo porque, Aluísio já era, como vimos, combativo antes mesmo do contato com o jurista maranhense. De todo modo, em *O Mulato* "que saiu em 1881, evidente é o reflexo da influência positivista transmitida ao romance por Celso Magalhães." (LINS, 1967, p. 470).

Também é bem provável que a leitura dos romances de estética realista de Eça de Queirós (1845-1900) e Émile Zola (1840-1902) podem ter sido realizadas por Aluísio durante sua estadia na corte, posto que já eram esses autores bastante comentados nos mesmos jornais para os quais Aluísio trabalhou como desenhista. Ainda devemos considerar que "foi antes da primeira estada de Aluísio Azevedo no Rio de Janeiro que Celso Magalhães, entre 1873 e 1876, pôde iniciá-lo nas filosofias de Comte, Darwin e Spencer, que ele próprio havia estudado enquanto cursava Direito na Faculdade de Recife." (MÉRIAN, 1988, p. 203). Isso porque:

em 1876 surge de novo a doutrina de Augusto Comte na imprensa maranhense, desta vez provocando um escândalo, que fundamente abalou a opinião pública de São Luís e de toda a província. Depois de bacharelar-se, em 1873, pela Escola de Direito do Recife, onde se fez positivista, Celso Magalhães fixou residência em São Luís e aí passou a divulgar a nova doutrina através de artigos, discursos e conferências. Vinha do Recife aureolado de grande fama e talento e cultura e, na capital maranhense, conquistou vários entusiastas para o positivismo, dentre os quais se destacavam Aluísio Azevedo, João Afonso do Nascimento, Eduardo Ribeiro, João Moraes Rego, Vítor Lobato e Agripino Azevedo (LINS, 1967, p. 105).

Mais a frente vamos mais uma vez nos deparar com os nomes desses jovens maranhenses entusiasmados pelo positivismo quando nos detivermos na aparição de jornais anticlericais na imprensa da província no início da década de 1880.[11]

É, em todo caso, em nossa hipótese, Celso de Magalhães, em relação a Aluísio Azevedo, portador das novas tendências do pensamento político francês tão em voga na referida Faculdade de Direito de Recife, desde que Tobias Barreto de Menezes havia se tornado dela professor exercendo grande ressonância sobre "a mocidade da Academia" (COSTA, 1967, p. 122). Assim, se não foi Celso de Magalhães quem apresentou os

---

11  Sobre esse aspecto registra Moraes: "A Celso de Magalhães estaria reservado o papel de guia de muitos jovens maranhenses, entre eles, Aluísio Azevedo, Paulo Duarte, João Afonso do Nascimento, Eduardo Ribeiro, Agripino Azevedo e o português Manuel de Bethencourt, a quem depois coube exercer grande influência sobre a geração seguinte, a de nosso terceiro ciclo literário." (MORAES, 1976, p. 119 *apud* GOMES, 2007, p. 25).

novos autores e teorias em voga no período a Aluísio Azevedo, serviu esse, sem dúvida, como reforçador delas.

Acerca do desenvolvimento e do afloramento das novas ideias que invadiam corações e mentes em Pernambuco dos 1870, já havia Silvio Romero deixado a importante marca do *germanismo*, dando mostras de como repercutiam o movimento das ideias europeias na vida nacional. As sucessivas revoltas e manifestos que aconteceram em Pernambuco desde a Regência até o Manifesto Republicano de 1870 deixam amostras relevantes para compreender o quão viva era a recepção de novos paradigmas na província. Assim, "nesse movimento de renovação intelectual por que passa o Brasil em meados do século XIX, Pernambuco terá um lugar de destaque", entretanto,

> [...] o movimento de ideias que antes de acabada a primeira metade do século XIX se começara a operar na Europa com o positivismo comtista, o transformismo darwinista, o evolucionismo spenceriano, o intelectualismo de Taine e Renan, e que se faria sentir vinte anos depois de haverem estas correntes de ideias aparecido na Europa, espalhara-se pelo país todo. Se Tobias abalou "como um ciclone a sonolenta Academia de Recife", sobretudo depois que assumiu a sua cadeira na Faculdade, as influências das ideias da filosofia europeia manifestavam-se também nos demais centros culturais do Brasil (COSTA, 1967, p. 122).

Celso de Magalhães foi, então, uma personalidade como tantas outras que, assim como Aluísio Azevedo, a partir de

1870, não escapou as novas hordas de ideias que adentravam de forma decisiva a vida espiritual brasileira. Nesse contexto "as instituições perderam sua sacralidade e se tornaram objeto de debates e até de chacotas" (MELLO, 2007, p. 105). Naquilo que Antonio Candido chamou de "dialética do localismo e do cosmopolitismo" (CANDIDO, 2000, p. 109-138) passava o Brasil por essa época por uma transição decisiva no que competia aos modos de seus intelectuais e escritores enxergarem a realidade. Esses novos modos de olhar o local, as especificidades do país e de sua formação, vinham em muito se relacionando, não sem grande efetivo de apropriação desviante, com "o positivismo, o naturalismo, o evolucionismo, enfim, todas as modalidades do pensamento europeu do século XIX" que "vão se exprimir agora no pensamento nacional e determinar um notável progresso de espírito crítico" (COSTA, 1967, p. 115).[12] Acrescenta-se, ainda, que "o agnosticismo e o anticlericalismo foram características do pensamento da Geração 70" (MELLO, 2007, p. 102) e, nesse contexto:

> para o progresso cultural da época parecem ter contribuído principalmente, como centros intelectuais experimentadores e renovadores, o Rio de Janeiro, o Recife e São Paulo, já tendo entrado em decadência sobre esse aspecto – e a despeito da efêmera atuação

---

12 Ainda sobre esse aspecto registra Gilberto Freyre que "dos que mais merecem ser destacados dentre quantos, [...] significaram, no Brasil, progresso intelectual contra rotina clerical ou acadêmica: o de Tobias, no Recife, por exemplo; o de Pereira Barreto, em São Paulo; o de Aluísio Azevedo, no Maranhão" (FREYRE, 2004a, p. 426).

revolucionária, em meio tão conservador, de Aluísio Azevedo – São Luís do Maranhão [...] (FREYRE, 2004a, p. 416).

Posta a figura decisiva de Celso de Magalhães e a ambiência do cadinho de novas ideias que floresciam no desenrolar das últimas três décadas do século XIX no Brasil, e a tributação positivista de Aluísio Azevedo, se faz necessário avançar acerca do segundo acontecimento que no tecer da trajetória do autor, às vésperas da publicação de seu segundo romance, é de importância sumária para a caracterização de seu perfil político. Trata-se do aparecimento de periódicos anticlericais organizados por jovens maranhenses, incluindo Aluísio Azevedo, e o litígio desses órgãos de imprensa com um outro periódico do clero da província: conflito que acabou nos tribunais.

Em 1879, Aluísio Azevedo sob o pseudônimo de Pitibri colabora escrevendo no jornal *A Flecha*, de propriedade de João Afonso do Nascimento, jovem do círculo de amigos de Celso de Magalhães, e, pela mesma época, começa as anotações e as observações do cotidiano de São Luís que, pouco mais tarde, serviriam a concepção de *O Mulato*.

Pouco depois, em setembro de 1880, o grupo de jovens positivistas do Maranhão resolvem assumir de forma pública e enfática a postura antirreligiosa através de um jornal. Da empreitada participaram Aluísio Azevedo, João Afonso do Nascimento, Eduardo Ribeiro, entre outros. Nasceu, assim, *O Pensador*.[13]

---

13  Sobre esse periódico registra Fernando Góes "[...] fundam, Aluísio Azevedo e seus amigos um novo periódico, bafejado pelas lojas

O periódico que tinha três edições mensais era quase em sua totalidade voltado a artigos, crônicas e colunas que tinham por mote o ataque ao clero e, em especial, aos padres maranhenses. Entre os muitos colaboradores positivistas e anticlericalistas que assinavam seus textos por meio de pseudônimos, aparecia Aluísio Azevedo, que não mais utilizava o codinome Pitibri, pois já assinava seus artigos de escárnio ao clero com seu próprio nome. A título de ilustração e para que fique registrado o tom provocador de Aluísio frente aos padres da província do Maranhão, seguem alguns trechos selecionados de crônicas que o autor escreveu para *O Pensador*. Note-se o tom sobejamente ressoado de positivismo e o tino provocador em relação ao clero:

> A caridade moderna, permita V. Rev.ma que o digamos, já encarada pelo lado filosófico, já encarada pelo lado sociológico, não é como metafisicamente diz o nosso bom São Paulo, uma virtude sobrenatural; muito ao contrário é ela na sociedade moderna uma qualidade suscetível de cultivo e desenvolvimento, e que, nem só reflete nosso caráter individual e nossa educação, como também está sujeita a todas as leis sociais e fisiológicas que regem nossos costumes e nosso organismo (AZEVEDO, *O Pensador*, 30. set. 1880 *apud* MONTELLO, 1975, p. 69).

> [...] Enfim arranjar com o Papa a licença para que ele se possa casar, fazer família, a fim de poder viver intimamente confortado, na independência feliz e honesta

maçônicas, a que chamam de *O Pensador*, e em cujas colunas estampam furiosas catilinárias contra os hábitos do clero [...]" (GÓES, 1959, p. 12).

de seu lar, aquecido pelo amor de sua mulher e de seus filhinhos ternos e engraçados, fortalecido no dever, no sacrifício, na luta do trabalho com a vida. Enquanto ele não tiver tudo isto, a que todo homem tem direito, enquanto ele for de encontro às leis que a natureza sabiamente criou – há de ser mau, sombrio, rancoroso, cheio de inveja e sentindo um ódio surdo, vago por toda a humanidade que é mais feliz do que ele. Faze-o forte, faze-o homem, faze-o fecundo, limpa-lhe os dentes e deixa crescerem-lhe os bigodes, tira-lhe aquela batina sinistra e repugnante, veste-lhe umas calças frescas de Hamburgo, salpica-lhe o lenço com algumas gotas de água-de-colônia e vê-lo-ás alegre, escorreteiro, com a espinhela aprumada, o olho buliçoso, o pé lesto, a te bater na barriga, a te dizer bons ditos, bons repentes e – a pensar bem! E depois disto podes botar o teu cacete fora por uma vez, que ele não te serve de coisa alguma (AZEVEDO, *O Pensador*, 30. set. 1880 *apud* MONTELLO, 1975, p. 80).

Na verdade, o que animou a empreitada dos jovens foi o aparecimento anterior de um periódico eclesial intitulado *A Civilização*. Tendo a frente o padre Raimundo Alves da Fonseca, foi *A Civilização* um jornal de combate às novas ideias em circulação. Nas linhas do folheto eclesial registravam-se as opiniões de padres maranhenses que escreviam diretamente contra os jovens positivistas de *A Flecha* e não faltavam farpas à figura de Tobias Barreto, acusado de ser o grande culpado da disseminação de ideias anticristãs.

Contra os religiosos colunistas de *A Civilização* é que os moços de *O Pensador* vão se articular. Ao longo das edições as críticas vão, de ambos os lados, numa crescente sem precedentes na história da imprensa maranhense daquele período. Em algum tempo são poucos os alfabetizados que não querem acompanhar o conflito público entre os dois jornais e, porque não, as duas ideologias. Sobre esse aspecto registra, ainda que de forma romanceada, Raimundo de Menenezes:

> o pensador torna-se o espantalho e a nota de escândalo na cidadezinha desacostumada a tais coisas. Apavora os sacerdotes em geral e as betas em particular. Delicia os pedreiros-livres, que se regalam com tal literatura de injúrias, que atinge, por vezes, as figuras mais respeitosas do clero, pagando os justos pelos pecadores (MENEZES, 1958, p. 91).

A partir de outubro de 1880, Aluísio Azevedo se tornou um dos mais dedicados colaboradores de *O Pensador* e também um dos mais radicais. É nesse período que resolveu assinar seus artigos, pois muitos já o identificavam. Houve, inclusive, um sacerdote da cidade, Padre Castro, que abriu promessas públicas de réplica ao autor. Aluísio não recuou e

> não contente com tamanho alarido, verdadeiramente incrível, que suas objurgatórias e a dos companheiros provocam, azucrinando impiedosamente os padres maranhenses, leva mais adiante a audácia: caricatura com arrojo os sacerdotes atacados, desenhando-os em

posições fesceninas, e faz distribuir cópias pela cidade inteira... As gargalhadas à socapa coroam-lhe a obra diabólica (MENEZES, 1958, p. 92).

Não demorou a Aluísio Azevedo se fazer conhecido em todo província e se haviam os que se divertiam com seus desenhos e textos, haviam também e em maior número aqueles que o repeliam. Mais uma vez, um registro romanceado de Raimundo de Menezes contribui para ampliar a caracterização dos fatos:

> A má fama de Aluísio Azevedo é dessas que não se descrevem: apontam-no como indivíduo que tem pacto com o Satanás. Não há beata que, encontrando-se com ele na rua, não fuja como o diabo da cruz: benzem-se, esconjuram o pedreiro-livre e os que eram seus amigos evitam cumprimenta-lo ou estirar-lhe a mão. É contra uma cidade inteira. A hostilidade de quase todos é impressionante. Todavia, o rapaz não pensa um instante em retroceder na campanha que traçou contra os maus padres. Prossegue mais arrogante, mais insolente, mais petulante (MENEZES, 1958, p. 92).

Em 1880, as crônicas e textos de Aluísio Azevedo em *O Pensador* eram rebatidas sempre pelos padres de *A Civilização*. Mas, o periódico clerical, ganhou naquele ano um novo articulista que não era padre e que comprou a briga contra o anticlericalistas, em especial contra Aluísio Azevedo. Sob o pseudônimo de Joaquim de Albuquerque o literato maranhense Euclides Faria vai empenhar verdadeiro debate político e filosófico frente às ideias de Aluísio Azevedo.[14] Nesses debates ficaram expostas as linhas de pensamento de cada autor. Para que se registre, são interessantes duas passagens. Uma de Aluísio Azevedo e a réplica de Euclides Faria. Assim, escreve, Aluísio Azevedo, a 10 de novembro de 1880, em *O Pensador*:

> Augusto Comte, a individualidade mais acentuada de nosso século, o maior benemérito da humanidade depois de Cristo, a ciência feita homem ou o homem feito ciência, também é comicamente desrespeitado no tal jornal católico. Sem analisá-lo, sem mostrar sequer que o leu, a *Civilização* entra a escarafunchar a vida privada do maior gênio do século, deixando uma nódoa parda em cada lugar que toca. É lastimável semelhante profanação! (AZEVEDO, 1880 *apud* MONTELLO, 1975, p. 48).

A discussão se estenderá por vários meses. E replica Euclides Faria em 2 de julho de 1881:

> No intuito de se impor pela plumagem, de vez em quando, vai nomeando algum sábio europeu, e mais que tudo afirmando e desancando-o o nome da ciência. Assim vê-lo-eis constantemente dizer que a ciência não recebe mais isto e aquilo; a ciência desmente Moisés, a Igreja e os Padres; a ciência, a ciência e sempre a ciência, como se fora uma panaceia. – Mas que é a ciência? – A ciência, respondem eles, ora esta! Sim, a ciência... ora

---

14   Todos os textos e crônicas de ambos os autores estão recolhidas e organizadas em MONTELLO, 1975. No livro há, também, análise detida sobre o debate.

quem não sabe o que é a ciência..., e nesta amolação fazem uma moedeira de palavras insuportáveis. Eis aí um dos novos processos literários (FARIA, 1880 *apud* MONTELLO, 1975, p. 261).

Como parte do processo de aprofundamento do conflito de imprensa entre o clero e os jovens é que nasce, também com a participação de Aluísio Azevedo, mais um jornal de embuste anticlerical. *A Pacotilha*, lançado em 1880, tinha os mesmos princípios e propósitos de *O Pensador*, com a única diferença de que era editado diariamente. Aluísio Azevedo juntamente com o mesmo grupo de amigos será um dos mais presentes articulistas de *A Pacotilha*. Nesse jornal escreveu diariamente sob os pseudônimos de Giroflê e Semicúpio dos Lampiões.

Decerto que essa inclinação ativa de Aluísio Azevedo para as coisas de imprensa já tinha dado mostras quando de sua participação como desenhistas nos jornais cariocas, como vimos. No entanto, há de se considerar que o retorno ao Maranhão e a dedicação quase que exclusiva à organização e à contribuição para jornais focados nas questões e nas ideias de seu tempo contribuíram para a formação de um perfil declaradamente combativo, pois "essa passagem pelo jornalismo tem grande importância no destino do escritor: torna-lhe o estilo mais vivo, imprime-lhe maior poder de objetividade e apara-lhe as rebarbas adquiridas na leitura dos poetas e prosadores românticos. O jornal acelera a evolução do escritor" (MONTELLO *apud* MENEZES, 1958, p. 99).

Embora fosse Aluísio Azevedo um dos mais combativos cronistas, tanto em *O Pensador*, como em *A Pacotilha*, foi uma troca de insultos entre um cadete da infantaria chamado Artur Jansen Tavares que escreveu no *O Pensador* contra os padres da província que levou o conflito de *A Civilização* contra *O Pensador* aos tribunais.

Ao ser acusado de ignorante e insolente por Jansen Tavares o padre Castro abriu queixa por injúria e difamação. Não demorou e o dono da tipografia que editava *O Pensador*, Antonio Joaquim de Barros Lima, foi condenado a quatro meses de prisão e multado. O ânimo dos jovens redatores de *A Pacotilha* e *O Pensador* ganhou tino e por meses se arrastou o conflito entre os periódicos. Registrou-se naqueles anos dos 1880, no Maranhão, uma rebeldia articulada de ênfase positivista e que via o clero como grande obstáculo ao progresso do país.

Durante esse período, Aluísio Azevedo trabalhou intensamente na composição de *O Mulato* e justamente por isso, por ter sido concebido em meio à guerra que se instalou contra o clero maranhense, é que o romance se consubstanciou como fruto direto da inspiração positivista e anticlerical. Assim, "em São Luís ele escreve *O Mulato*, quando se depara com a questão grave que era a influência da Igreja, de uma Igreja muito conservadora e ele era um homem liberal, republicano, abolicionista e maçom e era, sobretudo, anticlerical" (FERREIRA JÚNIOR, 2006, p. 2 *apud* FONSECA, 2008, p. 6).

Mas, ao positivismo e ao anticlericalismo vai aliar-se em *O Mulato* o naturalismo:

Confluem nesse momento, para produzir *O Mulato*, de Aluísio Azevedo, as duas linhas, até então paralelas, do Abolicionismo e do Naturalismo. [...] O grande impacto naturalista, aliado às suas oportunas conotações de documento social e político contra o regime servil, seria provocado pelo romance de Aluísio Azevedo. É um livro que está para a literatura naturalista ou para a realidade que ela procura descrever como as descrições dos tratados de clínica médica estão para as respectivas doenças na vida real: é paradigmático demais, falta-lhe um pouco de espontaneidade e imprevisto, sobra-lhe o espírito de sistema e a preocupação com a "cena obrigatória". É, também, um "romance tese" – mas a tese, como demonstrou Josué Montelo, em Aluísio Azevedo, e a Polêmica d'O Mulato" (1975), é menos a do preconceito racial na sociedade escravocrata que a do anticlericalismo militante e sistemático, inspirado, aliás, em condições locais específicas: o romance apareceu, para repetir as palavras de Josué Montelo, "no contexto de uma áspera luta contra o clero maranhense" [...] (MARTINS, 1996, p. 101-102).

Podemos e devemos, evidentemente, desconfiar de tantos *ismos* e poderíamos deixá-los à margem de nossa discussão, não fosse o pesado fardo das caracterizações que todos os críticos fizeram da obra aluisiana tachando-a de naturalista. Para além dessa discussão, o século XIX é uma encruzilhada de correntes de pensamento e de tentativa de defini-las. Do romantismo, do realismo e naturalismo são muitos os traços que os diferenciam teoricamente. Um romance como *O Mulato* é, portanto, de difícil classificação numa corrente ou escola literária, posto que se consubstancia na fusão natural de todos estes temperos de fins do século XIX. De todo modo, O Mulato é, afora o fato de ser considerado pela crítica como primeiro romance naturalista brasileiro e o primeiro grande livro de Aluísio Azevedo, um "documento social e político contra o regime servil" (MARTINS, 1996, p. 101) e revela indícios relevantes do pensamento crítico do autor e suas relações com as ideias da geração de 1870.

Não obstante, O Mulato, portanto, nasceu em meio a um debate político e seu autor participou ativamente deste debate. Esse romance é fruto de uma situação de arte crítica e

> [...] o naturalismo como o romancista maranhense o praticou em O Mulato, não seguia a linha da impassibilidade, da objetividade pretensamente neutra, da não interferência. Era, muito ao contrário, polêmico, combativo, crítico, e não apenas no terreno anticlerical. Aferrava-se, ainda, ao pessimismo corrente nos modelos externos, mas fugia deles na ampla descrição dos costumes. E guardava, da situação a que se acomodara, no quadro que lhe constituía o fundo, um traço importante: o da luta contra o preconceito de cor (SODRÉ, 1965, p. 179).

Assim, do circuito de ideias das últimas décadas do século XIX muitas tiveram ressonância em O Mulato, fazendo esteira para a arte crítica do autor: positivismo, anticlericalismo e crítica ao preconceito racial. Então, pois, na situação de arte crítica do romance está registrada a postura do autor contra os processos sociais e as instituições de seu tempo.

Mas, e depois de *O Mulato*? Como se articulou política e artisticamente o ilustrador e escritor combativo?

## Depois de *O Mulato*

Pouco depois de a publicação de *O Mulato*, mais precisamente no mês de agosto de 1881, Aluísio Azevedo desligou-se das redações dos jornais maranhenses e preparou sua volta à corte. Em setembro desse mesmo ano o desenhista e escritor toma um vapor que o leva de volta ao Rio de Janeiro.

Chegando à capital do Império, Aluísio Azevedo encontra estadia junto ao irmão Artur que residia no bairro das Laranjeiras. Arthur Azevedo, à época, era diretor literário do diário *A Gazetinha*. É nesse jornal que Aluísio Azevedo encontrará espaço para retomar a atividade literária. No dia primeiro de janeiro do ano de 1882 começa a ser publicado em formato folhetim, isto é, em excertos diários em colunas do jornal, o que se tornaria o terceiro romance de Aluísio: *Memórias de um Condenado*.[15]

*Memórias de um Condenado* é o típico romance-folhetim de cenário burguês e enredo amoroso. Não obstante, devemos considerar o fato de que a produção de romances-folhetins era

---

15 Após ser publicado em formato folhetim, o romance foi publicado com título homônimo em 1886 pela Tipografia de *O Liberal Mineiro* da cidade de Ouro Preto – Minas Gerais. Depois, em 1902, ganhou uma segunda edição impressa pela editora franco-carioca H. Garnier sob novo título *A Condessa Vésper*. Ainda com o título *A Condessa Vésper* foi mais uma vez publicado, em 1959, pela editora paulistana Livraria Martins.

praticamente obrigatória àqueles que quisessem ganhar a vida através das letras em um país de analfabetismo endêmico posto que no Rio de Janeiro em relação ao período:

> Os romances-folhetins estão na moda, constituem a coqueluche da cidade. Não há jornal que os não publique, para gáudio dos leitores, e esses saboreiam-nos com o maior interesse, antegozando o assunto do capítulo seguinte, do episódio imediato, com o par amoroso da história quase sempre romântica[...] (MENEZES, 1958, p. 138-39).

Nesse mesmo período Aluísio tentará trabalhar como professor em alguns dos muitos colégios do Rio de Janeiro. As tentativas são falíveis e, a despeito de tudo, é a empreitada do romance-folhetim que se mostra frutífera tanto para o efeito de produzir literatura, como para ganhar algum dinheiro para o sustento.

Fato é que *Memórias de um condenado* "provoca grande aceitação entre os leitores da *Gazetinha*" (MENEZES, 1958, p. 140) e Aluísio, então, parte a mais um romance-folhetim quando em fins do mesmo anos de 1882 passa a publicar diariamente no jornal carioca *Folha Nova* os capítulos do que se tornaria o seu quarto romance intitulado *Mistério da Tijuca*.[16]

Ainda em formato-folhetim e inspirado por um caso real extraído das páginas dos jornais de fins dos anos 1870, Aluísio

---

16 Em 1883 *Mistérios da Tijuca* é editado em volume pela editora carioca B. L. Garnier. A mesma editora publica-o novamente em 1900 com novo título *Girândola de Amores*. Receberá mais uma edição com este último título em 1960, pela editora paulistana Livraria Martins.

Azevedo publicará na *Folha Nova*, ao longo do ano de 1883, capítulo a capítulo, o romance *Casa de Pensão*.

Seus dois próximos romances, *Filomena Borges* de 1884 e *O Coruja* de 1885, também serão publicados em formato folhetim. O primeiro na *Gazeta de Notícias* e o segundo no jornal *O País*, ambos periódicos cariocas.

A despeito do fato de muitos críticos da obra do autor qualificarem os romances-folhetins de Aluísio como aqueles de menor qualidade literária, devemos considerar que foi por essa via que o autor se manteve ativo, produzindo enredos e, *grosso modo*, "ganhando a vida", pois

> quando Aluísio Azevedo chegou ao Rio em setembro de 1881 o romance-folhetim ainda estava em plena voga e era natural que ele visse logo na exploração do gênero uma fonte de renda para a sua precária situação financeira (BROCA, 1961, p. 25).

É certo que as relações de Aluísio Azevedo com a imprensa nessa fase de sua vida não se restringiram à publicação dos romances-folhetins, mas também não podemos classificá-lo como jornalista, posto que não dirigiu nenhum órgão de imprensa e que sua contribuição em textos para os jornais cariocas a partir de 1882, excetuando a produção de romances-folhetins, foi parca e muitas vezes assinada por pseudônimos, o que elimina em muito a confiabilidade das fontes.

São parcas as fontes confiáveis, mas os indícios de que o tino republicano não havia se perdido com a maturidade ficam implícitos nas personalidades que colaboravam nos mesmos jornais em que Aluísio publicava e muitos desses eram seus amigos no trato diário.

Uma destas relações marcantes é com José do Patrocínio, figura notadamente reconhecida pela defesa da abolição da escravatura, era à época mantenedor da coluna *Semana Parlamentar* no jornal *Gazeta de Notícias*, no qual importantes defensores da República escreviam. O *Gazeta de Notícias* era uma das principais tribunas dos partidários da abolição da escravatura – órgão de imprensa deveras progressista, portanto (MÉRIAN, 1988, p. 409) e (LINS, 1967, p. 495).

Entre um dos principais amigos de Aluísio Azevedo estava seu conterrâneo Coelho Neto. Henrique Maximiano Coelho Neto (1864-1934) estudou direito na faculdade do Largo São Francisco em São Paulo e completou os estudos na Faculdade de Direito do Recife onde foi aluno de Tobias Barreto. Uma vez no Rio de Janeiro foi importante defensor do abolicionismo ao lado de José do Patrocínio. Era escritor de monta e autor de extensa obra literária.

A Aluísio Azevedo e Coelho Neto juntavam-se Olavo Bilac, Guimarães Passos, Alberto de Oliveira, Paula Nei, Pardal Mallet entre outros (MENEZES, 1958, p. 177). Demarquemos um pouco quem eram essas figuras da boêmia carioca amigas de Aluísio Azevedo.

Olavo Brás Martins dos Guimarães Bilac (1865-1918) não chegou a terminar o curso de direito que iniciara na Faculdade de Direito do Largo São Francisco em São Paulo e, antes de tornar-se o poeta mais conhecido a época no Rio de Janeiro, trabalhou ao lado de José do Patrocínio nos jornais *Cidade do Rio* e *Gazeta de Notícias*.

O alagoense Sebastião Cícero dos Guimarães Passos (1867-1909) era advogado e professor e colaborou em diversos jornais do Rio de Janeiro como *Gazeta da Tarde*, *Gazeta de Notícias* e *A Semana*.

O carioca Alberto de Oliveira (1857-1937) tornou-se poeta e foi um dos fundadores do *Gazeta de Notícias*. Seu envolvimento com a política não se restringia à atividade literária tendo exercido importantes cargos na primeira administração republicana no Rio de Janeiro pós 1889. Antiflorianista, foi membro do Partido Republicano Fluminense.

O poeta e jornalista cearense Francisco de Paula Nei (1858-1897) foi muito próximo a Aluísio Azevedo. Era frequentador assíduo das noites boêmias da rua do Ouvidor e dividia lugares à mesa com José do Patrocínio e na *Gazeta de Notícias* imprimia fortes colaborações para o movimento abolicionista.

Aluísio tinha como amigo muito próximo João Carlos de Medeiros Pardal Mallet, (1864-1894). Era advogado formado pela Faculdade do Recife e consta que teria negado o juramento quando de sua formatura dizendo-se republicano. Ainda com espírito fortemente republicano foi redator chefe de jornal *Cidade do Rio* onde concordava em opinião com José do Patrocínio.

Aqui o leitor, mesmo aquele sem atenção, percebe que a constelação de personalidades amigas de Aluísio Azevedo não tinha em comum apenas o fato de dividirem garrafas e contas nas confeitarias cariocas. José do Patrocínio e seu jornal *Cidade* do Rio, bem como o jornal *A Gazeta de Notícias* constituem pontos importantes de contato entre esses intelectuais.

O *Cidade do Rio* foi fundado por José do Patrocínio ainda "nos tempos da velha Monarquia, das pugnas memoráveis do abolicionismo e de 13 de maio" (EDMUNDO, 2003, p. 613) e constituia verdadeiro ponto virtual de encontro daqueles que defendiam o polemismo das questões relativas aos acontecimentos diários, a defesa do progresso e do abolicinismo. Não devemos furtar o fato de que era o próprio mulato José do Patrocínio responsável por unir tantos intelectuais em torno do *Cidade do Rio*, pois quando "ele chega[va] a uma casa de beber, junta[vam]-se, logo, três ou quatro mesas, porque a turma que o cerca[va] é numerosa. Bebe[ia]-se a valer. E escreve[ia]-se o jornal" (EDMUNDO, 2003, p. 614).

José Carlos do Patrocínio (1853-1905) foi um mulato combativo alinhado ao movimento abolicionista e republicano. Formado em farmácia, dedicou-se mais ao invento de emplastros ideológicos contra a monarquia do que a remédios alopáticos. Ligado a republicanos como Quintino Boicaúva e Pardal Mallet, ganha peso na carreira de jornalista em 1877 na *Gazeta de Notícias* escrevendo a coluna *Semana Parlamentar* – jornal em que Aluísio Azevedo também colaborava. Neste mesmo ano funda o *Cidade do Rio*. Em 1883 junto com Aristedes Lobo e André Rebouças escreverá o manifesto da Confederação Abolicionista.

Ressaltada a personalidade daquele que era o centro das reuniões de Aluísio e os amigos, vamos a um esclarecimento sobre o órgão de imprensa *Gazeta de Notícias* onde muito dos amigos de Aluísio colaboravam e onde o próprio publicou dois de seus romances-folhetins: *Filomena Borges* em 1884 e *A Mortalha de Alzira* em 1891. Fundado em agosto de 1875 foi a *Gazeta de Notícias* um periódico importante da cidade do Rio de Janeiro. Isto se deve muito a abertura que deu aos literatos, mas também pelo forte viés antimonarquista e abolicionista. Capistrano de Abreu, Machado de Assis e o português Eça de Queirós figuravam, na fase inicial, nas colunas do jornal. Será jornal de importância ainda no século XX e como um "jornal da elite" abrigava ainda em 1901 as colaborações de Olavo Bilac, Guimarães Passos e Coelho Neto (EDMUNDO, 2003, p. 571).

Contudo, Aluísio, como podemos perceber, alinhava-se àqueles muito interessados nas questões que poriam fim ao Império. Positivismo, abolicinismo, republicanismo eram ismos comuns aos membros da boemia carioca da segunda metade do século XIX. E, de fato, mais a frente, foram eles que moveram uma nova atitude intelectual em relação à política, pois:

> Da invasão da Câmara Municipal a 15 de novembro de 1889, antes mesmo de proclamada a República, participaram vários intelectuais. Alguns, por certo, antigos militantes do movimento abolicionista, como José do Patrocínio, mas outros pela primeira vez movidos à ação política concreta, como Olavo Bilac, Luís Murat, Pardal Mallet (CARVALHO, 2004, p. 25).

Ainda em relação ao *Gazeta de Notícias* é nele que Aluísio publicará em 1882 o romance-folhetim *Filomena Borges* e também outros contos e crônicas. Notadamente, as contribuições de Aluísio Azevedo para a imprensa na década de 1880 será menos a de ilustração de crítica política e mais a da militância em torno das questões que envolvem a atividade literária. Em trecho de crônica escrita em 1883 na *Gazeta de Notícias* como preparação à publicação dos primeiros capítulos de *Filomena Borges*, dirá o autor:

> O que vejo, é que é muito difícil escrever romances no Brasil!... O pobre escritor tem a lutar com dois terríveis elementos – o público e o crítico. O público que sustenta a obra e o crítico que julga e às vezes a inutiliza; o público que compra um livro para aprender, e o crítico que exige que o livro sustente as suas ideias e pense justamente com ele – crítico.
>
> - E daí? Daí é que tudo isso seria muito razoável, se o público caminhasse ao lado do crítico; mas assim não sucede – aquele navega ainda no romantismo de 1820, e esse não admite literatura que não esteja sujeita às regras de 1883. A dificuldade está em agradar a ambos, ou, pelo menos, não desagradar totalmente a nenhum dos dois. Isso, quero crer, é a grande preocupação de Filomena Borges. Ela tanto pertence ao público como pertence ao crítico (AZEVEDO, 1961, p. 49).

De fato, começa a aparecer um Aluísio Azevedo insatisfeito com a carreira que leva. Soubesse Aluísio o que a crítica ao desenrolar das décadas do século XX fez de sua produção literária, muito provavelmente a visão que demonstra no trecho supracitado seria ainda mais desgostosa. Sabia Aluísio das dificuldades de se manter como escritor e, mesmo não cessando ainda a faina de escrever, não foram poucas as aventuras na concepção de contos e na dramaturgia.[17] Pouco depois da publicação de *Filomena Borges*, em novembro de 1884, Aluísio escreve para o jovem deputado Afonso Celso e o teor da carta não é outro se não o de solicitação de um emprego público. Alguns trechos da correspondência são interessantes para elucidar as preocupações do escritor e o mal-estar em relação ao fato de que precisava escrever romances *au jour le jour*:

> [...] Não sei, e toda a minha esperança se baseia num desses bons acasos que, parece, foram inventados para socorrer os visionários de minha espécie. Isto quer dizer que desejo ardentemente descobrir uma colocação, qualquer, seja onde for, ainda que na China ou em Mato Grosso, contanto que me sirva de pretexto para continuar a existir e continuar a sarroliscar os meus pobres romances, sem ser preciso fazê-los *au jour le jour*.
>
> [...] Há certos lugares, certos cargos, certos empregos, dos quais só os próprios políticos têm notícia quando eles ainda se acham vagos, e que, ao transpirarem cá fora, ao caírem no conhecimento público, vêm logo, como uma mulher bonita, escoltados por um enxame

---

17 Os contos de Aluísio Azevedo estão reunidos em AZEVEDO, Aluísio. *Demônios*. São Paulo: Martins, 1961. E boa apreciação crítica sobre a obra dramatúrgica de Aluísio Azevedo está em FARIA, 2002.

de cobiçosos e guardados à vista pelo feliz mortal que mereceu a preferência e já traz a nomeação no bolso.

Ora, dessa forma, só fazendo como neste momento faço: vindo a ti e pedindo-te que, logo que te passe pelos olhos um desses cargos, lhe ponhas a mão em cima e me atires com ele, que eu o receberei com melhor vontade do que a de um náufrago ao receber uma tábua de salvação. Repito: seja lá o que for – tudo serve; contanto que eu não tenha de fabricar *Mistérios da Tijuca* e possa escrever *Casas de Pensão*.

Talvez te pareça feio e até ridículo o que acabo de fazer; não sei, mas, desnorteado como estou, sôfrego por acentuar esta maldita existência de boêmio que já se me vai tornando insuportável, agarro-me a ti, por julgar-te mais perto de mim e mais apto do que outro qualquer, para compreender a sinceridade e o desespero do que estou dizendo. Se com isso desmereço a teus olhos e me faço ainda menor do que era, paciência! Lançarei mais esse desastre na minha grande adição dos prejuízos deste ano. [...] Teu amigo sincero. – Aluísio Azevedo (AZEVEDO, 1961, p. 191-92).

O jovem desenhista e romancista maranhense antes combativo, agora ansiava e se dirigia ao destino comum de tantos artistas e escritos brasileiros: ter um cargo no Estado. O positivista e republicano escrevia, não sem algum incomodo como podemos notar pelo texto da missiva, para um deputado do Império, solicitando "certos cargos, certos empregos, dos quais só os próprios políticos têm notícia" e em qualquer lugar para fazer o que quer que fosse. Seu desespero e "desnorteamento" são confessos e dão tom à percepção de quão grave era seu desgosto. Queria escrever romances que tivessem vínculo com a realidade os "Casas de Pensão", e deixar de lado a produção folhetinesca. Ressalte-se que queria, portanto, arranjar um emprego público não somente para ter melhores rendimentos, mas também, pelo que podemos deduzir da carta, para trabalhar em novos romances que fossem de seu gosto.

Fato é que a carta a Afonso Celso não teve efeito e no ano de 1885 o autor retoma a atividade folhetinesca publicando no jornal *O País*, capítulo a capítulo, o romance *O Coruja*.

Assim, muito embora fique claro o descontentamento do autor com as intempéries de uma "vida literária" profissional, não devemos descartar o fato que a produção artística de Aluísio Azevedo é de grande monta e não cessará até meados do século XIX. É importante ressaltar também que a sua produção não se restringiu aos romances-folhetins citados. Embora a colaboração para a imprensa como ilustrador tenha interrompido, Aluísio escreveu peças teatrais que se fizeram representar na capital carioca. Em 1882, no Teatro Santana, foi encenada a ópera cômica *Flor de Lis* que Aluísio havia escrito com o irmão Arthur Azevedo. No ano seguinte, em 1883, mesmo ano da publicação dos capítulos de *Casa de Pensão*, é montada no Teatro Lucinda uma comédia de sua autoria em colaboração com Emílio Rouède, intitulada *Venenos que curam*.

Em seguida da publicação, em formato romance-folhetim de *O Coruja*, mais uma peça de Aluísio e Emílio Rouède, *O Caboclo*, é encenada em abril de 1886 no Teatro Santana. No ano seguinte, no mesmo teatro, a atividade em dramaturgia de Aluísio demonstra fôlego com a encenação de sua peça *Macaquinhos no Sótão*; em julho de 1888 mais uma vez em colaboração com o irmão Arthur Azevedo, Aluísio escreve e faz encenar a peça *Frotzmac*. Ainda em conjunto com Emílio Rouède, escreveu outras duas peças que foram montadas em 1891 no Teatro Santana: *Um caso de adultério* e *Em flagrante*.

Neste ponto vale um registro sobre o parceiro frequente de Aluísio Azevedo em dramaturgia, Emílio Rouède.[18] Rouède foi um escritor e pintor francês que chegou à cidade do Rio de Janeiro em meados da década de 1880. Foi participante ativo dos movimentos a favor da abolição e da propaganda republicana e colaborou com frequência em *Cidade do Rio*. Em outras cidades brasileiras como Ouro Preto e São Paulo, também foi ativo artística e politicamente.

Antes, no entanto, de prosseguirmos em Aluísio Azevedo depois de *O Mulato*, vale uma pequena reflexão acerca de outras suas atividades, bem como o mercado editorial do momento no Rio de Janeiro para problematizarmos um pouco mais o descontentamento literário do autor e sua esperança de encontrar brigada em um cargo público.

Em primeiro lugar, notemos que, embora Aluísio não atue mais como ilustrador, encontra na dramaturgia espaço interessante de produção. Essa atividade sem dúvida não lhe trouxe grandes rendimentos, mas contribuiu para mantê-lo

---

18  O teatro completo de Aluísio Azevedo em parceria com Emílio Rouède está reunido em FARIA, João Roberto (org.). *Teatro de Aluísio Azevedo e Emílio Rouède*. São Paulo: Martins, 2002.

em alguma evidência no roteiro artístico da cidade do Rio de Janeiro.

Além disso, do modo que Aluísio coloca o papel da crítica e do público e as dificuldades para o autor decorrentes das diferentes expectativas destes, parece-nos quase impossível que alguma obra literária lograsse êxito. Ainda, considerando o teor da carta de Aluísio a Afonso Celso, chegamos à conclusão que a tarefa a qual se impunha um autor era um verdadeiro martírio. Mas e o mercado editorial? Por que mesmo diante de tal descontentamento não para Aluísio de escrever? Luís Edmundo, cronista da época, ao falar dos livros e livrarias de seu tempo, nos ajuda a responder a essas perguntas. Sobre os editores escreve o cronista:

> Pelo tempo, os mais importantes editores são: o Garnier, que edita o que de melhor se escreve no país, em matéria de literatura; o Laemmert, que se especializa em edições de obras científicas ou sérias, e o Quaresma, editor de baixas letras e que, por isso mesmo, é popularíssimo (EDMUNDO, 2003, p. 432).

Fato é que a maior parte da obra de Aluísio Azevedo foi publicada em formato folhetim, mas também é fato que aquelas que não foram fruto de folhetins e mesmo a reedição daquelas foram em grande parte editadas pelo Garnier, editor que como registra Luís Edmundo, publicava o que de melhor havia em matéria de literatura. O cronista da época nos deixa algumas outras pistas importantes. Uma diz respeito ao pagamento que os autores recebiam em relação ao tipo de obra publicada, o outro fala dos "grandes romancistas", entre os quais, nas palavras do cronista, fulgura Aluísio Azevedo:

> Paga-se a um bom autor, por um bom romance ou livro de contos, de quinhentos mil-réis a um conto de réis; por uma novela popular, de cinquenta a quinhentos mil-réis. Para os livros de versos, abundantíssimos, não há tarifa [...] Os grandes romancistas que vivem e que então mais se editam são: Machado de Assis, em primeiro lugar, Aluísio Azevedo, logo a seguir, e depois, então, Valentim Magalhães, Gonzaga Duque, Coelho Neto [...] (EDMUNDO, 2003, p. 432).

Ora, Aluísio Azevedo podia queixar-se, mas como podemos depreender dos comentários de Luís Edmundo a sua situação como escritor não era trágica. Estava entre os mais publicados e ganhava em média bem mais que cinquenta mil réis pela venda de cada uma de suas edições. Para se ter uma ideia, lembremos que a renda média anual para um indivíduo do sexo masculino ser considerado votante nas eleições do Império, até a Lei Saraiva de 1881, era de 100 mil-réis.[19] Como podemos ver

---

19  De fato 100 mil-réis não era nenhuma fortuna, mas também não era uma quantia desprezível. Haja vista que aproximadamente 12% da população brasileira constituía o eleitorado (até a Lei Saraiva de 1881 quando a restrição ao voto dos analfabetos reduz o eleitorado a 2% da população) o que não é pouco para os padrões coetâneos. De todo modo o argumento vale para que se denote o mínimo financeiro da época para que um brasileiro pudesse ser um eleitor, isto é, um cidadão apto a participar dos destinos políticos da nação. Assim, Aluísio ganhava pela composição de

na figura abaixo, (Figura 5) pela edição de Mistérios da Tijuca de 1883, Aluísio Azevedo recebeu do editor Garnier a quantia de quatrocentos e noventa e um mil-réis:

Figura 5 – Recibo de A. Azevedo: pagamento da edição de Mistérios da Tijuca (28 de março de 1883).

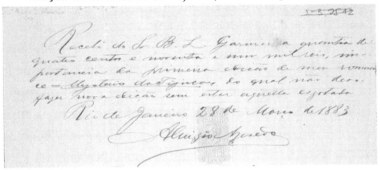

Fonte: Acervo da Biblioteca Nacional, Rio de Janeiro.

O que não podemos deixar de considerar é que a "inserção compulsória do Brasil na *Belle Époque*" já dava seus tons introdutórios em fins da segunda metade do século XIX e não faltava arrivismo àqueles que sabiam que era possível se viver muito bem às custas do erário público e da nova onda de oportuniudades que as mudanças políticas e sociais ocasionavam no Rio de Janeiro (SEVCENKO, 2003).

Ainda no aspecto do mercado editorial, são muitas as alusões ao fato de que o Brasil tinha uma população endemicamente analfabeta e isso impactava diretamente na mantenedoria e desenvolvimento do setor. Registrou Luís Edmundo que

um livro bem mais do que o necessário para ser considerado um "cidadão completo".

"os livros que imprimem, porém, não alacançam grandes tiragens: mil, dois mil, no máximo dois mil e quinhentos ou três mil exemplares" (EDMUNDO, 2003, p. 432). Podemos, no entanto, argumentar que as tiragens não eram assim tão pequenas como sugere o cronista, ainda mais se levarmos em consideração o ciclo restrito de leitores à época. São raras, ainda em nossos dias, as edições que alcançam os três mil exemplares.

De certo que o romanceiro brasileiro concorria frontalmente com as grandes levas das letras francesas que, juntamente com outros indíces dessa cultura, invadiam a cena da capital brasileira. Mesmo assim, havia espaço para os volumes brasileiros e não só para aqueles resultados de dias e dias de folhetins. Mais uma vez, Luís Edmundo nos ajuda a compreender o gosto da freguesia das livrarias e mais uma vez o nome de Aluísio Azevedo é citado:

> Há senhoras, quase todas atrás de romances franceses. As que lêem assuntos nacionais, gente que seja nossa, escasseiam. Não obstante, sempre aparece lá uma ou outra, ar histérico e cintura vespa, a perguntar se já saiu a nova edição da *Carne*, de Júlio Ribeiro, ou *O Mulato*, de Aluísio Azevedo (EDMUNDO, 2003, p. 441).

Evidentemente que não há nada de errado em querer mais. E nossas proposições quanto a um certo arrivismo da classe artística, ou melhor, de Aluísio Azevedo não podem ser tingidas por juízos de valor. No entanto, devemos considerar que a insatisfação do autor, em um primeiro momento, não interrompeu sua produção e todo o trabalho voltado a concepção de seus escritos não poderia ser fruto apenas de um diletantismo, ainda mais quando sabemos que o autor tinha preferência maior ou menor pelos diferentes tipos de romance que escrevia. A verdade é que, seja produzindo como um artesão os romances-folhetins, ou seja produzindo como artista os seus Mulatos e Casas de Pensão, Aluísio Azevedo escrevia muito e como achava seus leitores, e certamente ele os tinha aos montes, muito bem. De certo que Aluísio viveu de letras. Podemos aceitar o fato de que sem luxos, pois nunca enriqueceu, mas não há dúvidas de que era um escritor profissional em um país de analfabetos. Não conseguiu pouco o maranhense. Um trecho de carta que Aluísio escreveu à mãe em 12 de fevereiro de 1883 mostra um pouco as condições em que vivia o autor, bem como os intelectuais que o frequentavam. A carta seguiu em resposta a uma outra em que a mãe se mostrava preocupada com os meios de vida do filho. Note-se que aqui ainda Aluísio vangloriava-se do fato de ganhar a vida escrevendo. Contraditoriamente, mais tarde, passará a ansiar um cargo público, algo que na carta, redigida antes da que escreveu para Coelho Neto, condena:

> Desgraçada terra é esta nossa que, quando um homem não é empregado público, nem comerciante, nem traficante de negros ou cousa que o valha, não pode ser considerado como homem independente. – Irra com todos os diabos! Basta que leiam o que se publica a meu respeito; basta que reflitam por um instante que

eu sou o único romancista que trabalha todos os dias no Rio de Janeiro, para se poder julgar que tenho uma posição, um nome, uma individualidade. – Aqui sou o único homem da geração moderna que nunca está doente, que nunca falha e que trabalha para três ou quatro jornais ao mesmo tempo. – E ainda se me pergunta como vivo! Vivo do trabalho. Não escrevo circulares e ofícios numa Secretaria, não meço chitas num balcão, mas arranco folhetins da cabeça, imaginando, criando, enriquecendo o pobre pecúlio de livros nacionais, sem que para isso fosse necessário passar cinco ou seis horas numa Academia com mesada de 100$000 ou um viagem à Europa, com ordem franca de um pai alcaide. [...] Em minha casa reúnem-se não os primeiros políticos do Brasil, mas os primeiros espíritos. Aqui aparecem o Machado de Assis, o França Júnior, o Almeida Reis, Vitor Meireles, Cardoso de Meneses, Urbano Duarte, Alencar Mendes, Ferro Cardoso, Patrocínio, etc. (AZEVEDO, 1883 *apud* MONTELLO, 1975, p. 59).

Anos depois, em 1887, o naturalismo volta a ganhar corpo e expressão na obra do autor. O aviso que Aluísio faz imprimir nas primeiras páginas de *O Homem* dá o tom do reforço naturalista que o próprio autor quis colocar em sua obra, quando registra, antes da epígrafe, como já citamos alhures, a frase "Quem não amar a verdade na arte e não tiver a respeito do Naturalismo ideias bem claras e seguras, fará, deixando de ler este livro, um grande obséquio a quem o escreveu." (AZEVEDO, 1959a, p. 13).

Em 1890, pela editora B. L. Garnier, Aluísio Azevedo lançou o romance *O Cortiço*. Considerado em uníssono da crítica como o mais importante livro do autor, servirá também o enredo para aprofundar o que categorizaram de hibridismo literário de Aluísio. De fato, *O Cortiço* é o mais maduro dos romances do autor, também o mais conhecido e mais diretamente ligado aos métodos naturalistas de escrita. *O Cortiço* constitui verdadeiro documento das mudanças sociais, mormente as de transformação urbana, que ocorriam no Rio de Janeiro de fins do Império e início da República. Repare-se que *O Cortiço* é publicado um ano após a proclamação do novo regime.

No mais, o que podemos registrar sobre a vida e a obra de Aluísio Azevedo é que ele tinha planos. No campo da literatura o seu projeto era a confecção de uma série que tinha por ambição uma visão integral da sociedade brasileira. A série receberia o título de *Brasileiros Antigos e Modernos* e seria composta por cinco títulos: 1 – *O Cortiço*; 2 – *A Família Brasileira*; 3 – *O Felizardo*; 4 – *A Loureira*; e 5 – *Bola Preta*. Isso nos leva a aventar duas hipóteses: a primeira de que *O Cortiço* constituía o início de uma obra maior que teria por finalidade constituir uma interpretação completa da sociedade brasileira por meio da via literária naturalista; e a segunda, de que havia uma preocupação de Aluísio em realizar algo de relevância para a crítica social em literatura a exemplo do que fez o francês Émile Zola na série *Rougon-Macquart* (MARTINS, 1974, p. 336).

Além disso, certamente as transformações ocorridas em decorrência da mudança de regime político não foram pequenas. De todos os pontos de vista, do político, do social ao cultural, passando pelo econômico, houve mudança no *status quo* do segundo reinado. Para a literatura e a produção literária também foram grandes as mudanças, pois a princípio todo clima republicano que imantava corações e mentes de escritores e intelectuais – como aqueles da roda boêmia de Aluísio Azevedo – pareceu ter encontrado contrapartida na realidade. Mas bastou pouco tempo da proclamação da República para que todo o entusiasmo começasse a fortalecer discordâncias, muito embora se tenha encontrado o caminho da convivência pacífica entre política e letras (CARVALHO, 2004, p. 26).

Dois anos após a proclamação da República, em 1891, sob o pseudônimo de Vítor Leal, Aluísio publicou em formato folhetim na *Gazeta de Notícias* o romance *A Mortalha de Alzira*[20] e em junho deste mesmo ano, alcançou o tão esperado cargo público. Se no Império não havia tido a sorte de conseguir uma posição nos quadros do governo, agora a República lhe presenteava com um cargo, pois foi nomeado, durante o mandato do governador do Rio de Janeiro, Francisco Portela, oficial-maior da Secretaria de Negócios do Governo no Estado do Rio. O cargo, no entanto, só durou até a deposição de Francisco Portela em 31 de janeiro de 1892.

No curto ínterim que foi oficial-maior da Secretaria de Negócios do Governo no Estado do Rio, Aluísio nada escreveu. Apareceu, no entanto, em março de 1892 escrevendo no jornal *O Combate* uma crônica que tinha por objetivo dizer o que é ser escritor em meio ao novo regime republicano. Na crônica

---

20   Será publicado em volume único em 1894 pela editora Fauchon & Cia com o verdadeiro nome do autor.

intitulada *Um fruto da época*, Aluísio monta seu encontro com um escritor que ao ser indagado sobre qual seria seu novo livro, se queixa e se mostra indignado diante do novo estado de coisas. Alguns trechos do texto nos dão ideia da visão do personagem autor sobre os novos tempos:

– Então?! Insisti. É segredo?! Fala-me do teu novo livro! Dize-me o que estás escrevendo agora...
– Nada.
– Nada?! Ora essa! Por quê?
– Não vale a pena!
– Ó injusto! Ó ingrato! Pois tu, o único homem de letras que ultimamente no Brasil tem ganho dinheiro... tu, que tens leitores certos; que tens editores para tudo o que escreves; tu, ó felizardo! Tens a coragem de falar desse modo?!... Vai para o diabo que te carregue! Não sei que queres tu então!
– Estás enganado... – replicou-me Ernesto sem se alterar. Estás muito enganado a meu respeito. Eu tinha, com efeito, três leitores, mas um abandonou-me para se entregar de corpo e alma ao jogo da bolsa e agora só pensa em salvar-se do naufrágio em que o lançaram; o outro deixou-me pela política e, perseguido pelo governo atual, só pensa em salvar de fome a mulher e os filhos e em livrar do cutelo da legalidade a própria cabeça ameaçada. Bem vês que quem tem a pensar em cousas tão preciosas – o dinheiro e a vida – não se pode dar ao luxo de ler os meus livros.
– E o terceiro?

– Ah! Com o terceiro não conto; não contei nunca para pôr o livro no prelo ou a panela no fogo.

O terceiro é o meu colega, é o literato, é o jornalista, é o crítico; é o leitor que foi muito meu amigo enquanto as minhas obras nada rendiam, e que começou a dar-me bordoada de cego, desde que a cousa cheirou a sucesso de livraria.

Não o amaldiçoa; devo-lhe talvez mesmo a coragem triunfante com que trabalhei durante dez anos; devo-lhe a convicção do meu valor e da minha energia, agora apagados; devo-lhe o cuidado crescente com que fui caprichando mais e mais toda a nova obra que eu produzia; mas não estou disposto a escrever só para ele, por uma razão muito simples, porque esse leitor não paga! (AZEVEDO, 1961, p. 58-59).

E desata contra a República:

Fiquei triste com esta ideia, e pus-me então a cismar no estado e no destino desta pobre terra em que vegetamos, acabrunhados pela peste, pelo calor, pela infernal carestia da vida, ameaçados a todo instante pela guerra civil... Pobre República viúva! Pobre noiva a quem arrancaram o esposo ainda na lua-de-mel, para entregá-la à prostituição, para entregá-la à torpe sensualidade da maruja! Ah! Maldito Floriano! Maldita raça de traidores! (AZEVEDO, 1961, p. 84).

O trecho supracitado é substancial. Autobiográfico, denota o rumo da desistência literária que Aluísio seguirá, pois nos três anos subsequentes apenas dois volumes aparecerão. Um intitulado *Demônios*, fruto de uma coletânea de contos, é publicado em 1893 por intermédio dos editores paulistanos Teixeira & Irmão. E dois anos depois em 1895 apareceu o derradeiro *Livro de uma sogra*, editado no Rio de Janeiro por Domingos de Magalhães.

Os anos pós-proclamação da República, Aluísio Azevedo passou mais a estudar para concursos públicos do que a trabalhar em novos livros. Essa estratégia não era incomum entre os intelectuais, muito embora muitos "se concentraram na literatura, aceitando postos decorativos na burocracia, especialmente no Itamaraty de Rio Branco" (CARVALHO, 2004, p. 37).

Assim, em 1895, Aluísio Azevedo prestou concurso para a carreira de cônsul na Secretaria do Exterior e foi aprovado. A serviço do Itamaraty, vai prestar serviços consulares em Iokoama, Uruguai, Cardiff, Nápoles, Paraguai e Buenos Aires, onde falece, em 1906, vitimado por problemas cardíacos. Sobre o apoio do Barão do Rio Branco a escritores e sobre os últimos passos profissionais de Aluísio Azevedo discorre Gilberto Freyre:

> Um desses homens de letras foi Aluísio Azevedo, que sem a justa e inteligente proteção que lhe soube dispensar o barão e com a vocação que revelou desde moço, para a arte da caricatura, talvez tivesse terminado a vida, caricaturista; e caricaturista amargo, como era de seu feitio de homem que em parte alguma do mundo se sentiu de todo feliz durante sua carreira de cônsul; mas, por outro lado, incapaz de viver confortável e

alegremente no Brasil republicano. Ele que, na mocidade, combatera a ordem monárquica, não se acomodou, depois de homem feito, à República triunfante, senão para servi-la no estrangeiro na qualidade de cônsul; e cônsul sempre saudoso dos seus dias de menino no Maranhão (FREYRE, 2004a, p. 899).

Ainda para que se registre, antes de ir para o Japão, em 1897, Aluísio vendeu, pela quantia de dez contos de réis, toda a sua obra literária, transferindo os direitos integrais para o editor H. Garnier, sendo que nesse mesmo ano o editor trouxe a público mais um livro de contos sob o título *Pegadas*. Em 28 de janeiro ainda de 1897, foi eleito para a cadeira número quatro da Academia Brasileira de Letras. Assim, pouco menos de uma década antes de falecer Aluísio dava fim a sua atividade de escritor e repassava os direitos de toda a sua obra por uma quantia que lhe permitia comprar no máximo um imóvel de médio porte.

Alguns esboços nasceram ainda da pena do escritor que não se segurou frente aos exotismos que a sociedade japonesa provocou na sua visão ocidental. *O Japão* apareceu postumamente e incompleto para completar a vida literária do personagem real que foi Aluísio Azevedo.

Depois de *O Mulato*, então, a carreira de Aluísio se desenrolou ambiguamente. Entre as ficções do romantismo dos folhetins e do engajamento dos romances naturalistas e descontente com o novo regime político, preferiu o escritor ora combativo, ora profissional, apenas uma ocupação que o mantivesse distante da realidade que tanto insistiu em criar e criticar. Mas, a realidade da ficção não termina com a vida do autor. A realidade de *O Mulato*, como todas as outras narrativas do autor, continuam latentes. Assim, no próximo e derradeiro capítulo e a guisa de conclusão, procurando unir as peças que até aqui colecionamos e, de modo mais propriamente sociológico, reconstruiremos a ficção de *O Mulato* exagerando os pontos de encontro da obra com a realidade brasileira de fins do século XIX.

capítulo 4

*O MULATO* COMO
REALIDADE
RECONSTRUÍDA

Gilberto Freyre registra acerca do romance *O Mulato*, em *Sobrados e Mucambos*, que:

Aluísio Azevedo deixou-nos em romance – verdadeiro "documento humano" recortado da vida provinciana de seu tempo, segundo a técnica realista que foi um dos primeiros a seguir entre nós – meticuloso retrato de bacharel mulato educado na Europa (FREYRE, 2004, p. 732).

O excerto foi extraído do décimo primeiro capítulo do livro de Gilberto Freyre, parte destinada a compreender a "Ascensão do bacharel e do mulato" na sociedade brasileira, pois, segundo o sociólogo pernambucano:

É impossível defrontar-se alguém com o Brasil de D. Pedro I, de D. Pedro II, da princesa Isabel, da campanha da Abolição, da propaganda da República por doutores de pincenez, dos namoros de varanda de primeiro andar para a esquina da rua, com a moça fazendo sinais de leque, de flor ou de lenço para o rapaz de cartola e de sobrecasaca, sem atentar nestas duas forças, novas e triunfantes, às vezes reunidas numa só: o bacharel e o mulato (FREYRE, 2004, p. 711).

Devemos considerar que os recortes da vida provinciana do Maranhão de 1880 feitos por Aluísio vão além da descrição desse novo tipo social que é o mulato. Pois, são as ressonâncias de uma vivência articulada no seio de uma sociedade escravista e de lusitanismo hegemônico que marcam profundamente a trama real da província de São Luís do Maranhão.

A ascensão do café no sudeste e o consequente abandono das grandes fazendas do norte do Brasil dão o tom à decadência que arrefece a centralidade da região em relação à economia brasileira, mas as relações do antigo modo de produção e os costumes que a muito vinham arraigados em sua esteira não perderam fôlego.

Aluísio, no prefácio à segunda edição de *O Mulato*, afirma que não foi ele quem escreveu o livro, de forma propriamente dita, pois diz o autor a respeito da narrativa "[...] não a puxei a força de dentro de mim, foi ela que se formou por si mesma, sob o domínio imediato das impressões, e procurou vir à luz em forma de romance." (AZEVEDO, 1959, p. 29).

Esse "domínio imediato das impressões" é que teria trazido à tona os fatos da ficção, seus personagens e enredos.

Personagens como Raimundo em que "duas forças triunfantes", o bacharel e o mulato, vão aparecer "reunidas numa só".

Embora o foco de Aluísio em *O Mulato* seja na composição do coletivo, fato presente em quase todos os seus outros romances, a construção desse personagem é imprescindível para a composição do fluxo da narrativa. Muito embora, devemos ressaltar, que não existe, salvo engano, grande esforço do autor no que diz respeito à descrição e qualificação psicológica das personagens.

Destarte, sem entrar nos detalhes da concepção da trama – que pensamos e apareceu ao longo da análise – podemos argumentar que Raimundo, o personagem principal de *O Mulato*, é completamente inconsciente de seu caráter étnico. O próprio leitor desconfia se ele é ou não um mulato no sentido estrito do termo. Decorre daí que suas ações não preveem a lógica do preconceito racial. Na guerra contra os tradicionalismos e os preceitos morais da sociedade maranhense, falta ao personagem a informação crucial para a formulação da melhor estratégia. Assim, não é simplesmente o fato de Raimundo ser um mulato que o condena às intempéries da vida coletiva da sociedade escravista e patriarcal maranhense, pois, é, também, o fato de ele, Raimundo, não saber que é um mulato, o que acentua a sua posição desfavorável na luta por seus interesses. Para formulação de melhor política de sobrevivência faltava-lhe informação crucial: saber quem era.

Essa inconsciência de si é que o leva a procurar suas origens. Viajando a velha fazenda da família, investigando a identidade e o paradeiro da mãe, tentando entender a confusa e trágica história de suas origens, Raimundo empreende uma jornada que vai muito além das terras de seu falecido pai e seus casos extraconjugais. Raimundo penetra nas complicadas tramas de uma sociedade que tudo faz para obnubilar a sua realidade. E a realidade uma vez conhecida nem sempre pode ser facilmente compreendida.

A busca que Raimundo empreende por suas origens é uma busca para saber quem era. A busca de Raimundo é, enfim, a busca de um mulato, filho de homem branco português com mulher negra brasileira, por sua ontologia étnica e por seu lugar na sociedade. Essa busca é, certamente, a busca inconsciente de uma grande massa de mulatos brasileiros da segunda metade do século XIX por sua razão de ser.

Assim, a sua jornada, que a princípio pode parecer apenas uma busca por seus antepassados é, antes de tudo, uma jornada social na qual as desigualdades fruto do preconceito de cor são obstáculos intransponíveis à completude de seu papel social.

Além disso, impulso maior, perceptível nas linhas de *O Mulato*, é a vontade do autor de recriar literariamente o cotidiano de sua província. Ora descrevendo minúcias do ambiente, ora comparando a cidade com outras do Brasil, Aluísio coloca o Maranhão não só como ambiente da história, mas sim como organismo vivo sem o qual as personagens não rumariam para determinados destinos.

No entanto, não se trata simplesmente do impulso naturalista que tende a colocar o meio como aspecto determinante para a análise e descrição do cotidiano humano, trata-se, ao mesmo tempo, de dedicação quase que exclusiva a um ímpeto de conferir um caráter mais propriamente real ao enredo, pois na medida em que as descrições de ruas, logradouros públicos, residências e pormenores do equipamento urbano são retratados com fortes nuances da realidade, mais realista parece o enredo, sobretudo, pensamos, aos leitores maranhenses daquele tempo.

Raimundo era figura cosmopolita e a sua ida para a província do Maranhão seria apenas, para os outros personagens para cuidar dos negócios do pai falecido e como diz o cônego Diogo "– Ora! Ora! Ora! [...] Nem falemos nisso! O Rio de Janeiro é o Brasil! Ele faria uma grandíssima asneira se ficasse aqui." (AZEVEDO, 1959, p. 50).

A fala do cônego, aludindo ao fato de que, certamente, Raimundo não se estabeleceria por muito tempo em São Luís do Maranhão, revela a posição subalterna que a província tinha em relação à corte. A exclamação "Rio de Janeiro é o Brasil" leva a refletir sobre a preponderância da capital do país em relação às outras unidades administrativas do Império. Federalismo fraco, centralismo robusto e forte disparidade e desigualdade entre as províncias eram marcas do II reinado no Brasil.

Essa primeira alusão do personagem Cônego Diogo ao provincianismo Maranhense, reforçada pela metonímia de que o Rio de Janeiro é o Brasil, abre uma característica do enredo que se fará presente em diversos momentos da narrativa: o fato de que era pouco interessante, sob diversos pontos de vista, residir em província tão distante do centro do poder.

Em certo momento, Cônego Diogo diz que Raimundo "faria uma grandíssima asneira se ficasse aqui [no Maranhão]" e tal afirmação nos leva a pensar que em localidade distante da metrópole não havia espaço para planos de desenvolvimento, ou seja, as possibilidades de ascensão, seja social ou financeira, pareciam bastante prejudicadas pelo meio.

Nesse sentido não é, também, demasiado arriscado argumentar que o autor tenta imprimir posição naturalista ao criar uma constante na narrativa que coloca o meio físico e social como fator determinante para a orientação dos destinos das personagens. Todos os personagens de *O Mulato* são meros coadjuvantes dos processos inexoráveis aos quais estão submetidos. Os destinos estão dados, determinados por leis sociais, e pouco podem diante dos tentáculos emanados do forte epicentro tradicional que é a província do Maranhão. Há um atraso da província que sucumbe a todos, que leva todas as situações para as vias dos particularismos e das vantagens trocadas. As leituras modernas de Raimundo são apenas motes que acentuam oposição frente a uma sociedade tacanha, escravocrata e falsamente moralista.

A província, viciada em lusitanismos, senil e distante da corte é, em *O Mulato,* expressão viva do atraso. A cidade é o atraso e seu *ethos* é um conjunto de representações marcadas pelos jogos de interesses, pelo imperativo das trocas irregulares e pelo espaço público rarefeito.

No prefácio à segunda edição de *O Mulato,* Aluísio enaltece o Rio de Janeiro e faz pouco caso do Maranhão – confirma-se externamente a obra a crítica do autor à província e o enaltecimento da capital do país, quando diz "[…] agora, que o Mulato vem novo à tona da publicidade, e agora que ele já não pertence à província nenhuma, mas sim ao público do

Rio de Janeiro, a quem devo tudo; agora é com maior prazer que deponho esta nova edição..." (AZEVEDO, 1959, p. 32).

De fato, foi o constrangimento provinciano que forneceu condições objetivas para que Aluísio Azevedo discutisse "uma tese de interesse palpitante e de toda atualidade", pois "*O Mulato* é um romance de propaganda enérgica em prol das ideias abolicionistas" (VIANA, 1881 *apud* OLIVEIRA, 2008, p. 38) e assim o autor se distancia dos "naturalismos de cunho conservador que ajudam a preservar uma ideologia estética onde se mesclam as ideias de identidade, univocidade e nacionalidade" (SÜSSEKIND, 1984, p. 92-93).

Mas, sobretudo é a questão da raça que evoca qualidades de ímpeto crítico em *O Mulato*. Todas as sendas políticas de viés anticlericalista e republicano ativam-se com mais vigor quando centrifugadas pelo verdadeiro epicentro político da obra que é a questão racial. E não devemos deixar de considerar que "em literatura como em política, a questão de raça é de grande importância, e é ela o princípio fundamental, a origem de toda a história literária de um povo, o critério que deve presidir ao estudo dessa mesma história" (MAGALHÃES, 1966, p. 22 *apud* GOMES, 2007, p. 25).

Destarte, o sistema e o processo social do Brasil – até fins do século XIX, marcadamente até a Lei Áurea que decretou, apenas legalmente, a abolição em 1888 – é só um. O *status* da nobreza imperial é mantido à custa do trabalho compulsório de muitos milhares de cativos. O negro, assim, tem o seu lugar: ser escravo. O branco também tem o seu: ser escravista e, mesmo não o sendo, vai viver do expediente do sistema de exploração do trabalho escravo. Sem lugar são os que não trabalham diretamente para os que fazem trabalhar.

Esse regime estabelecido na era colonial vai colocar marcas indeléveis no modo de operar a economia, estabelecer as trocas, pactuar os contratos, articular as decisões, condenar os crimes, decidir os casamentos e compor o sistema que permitirá o fluxo da vida de centenas de milhares de pessoas.

No entanto, apesar de na divisão do trabalho a separação ser clara e rígida o mesmo não se pode dizer da separação entre raças, pois "o Brasil não teve nunca, pelo menos desde o fim da colônia, um sistema birracial rígido. Havia sempre uma categoria mediária (os chamados mulatos ou mestiços)" (SKIDMORE, 1976, p. 55-56).

Assim, economicamente, na divisão do trabalho, o negro tem lugar definido que é o de ser escravo. O branco também tem lugar, ser proprietário, escravista ou viver beneficiando-se, indireta ou diretamente, dos excedentes do sistema escravista. O mulato, fruto da miscigenação do branco com o negro, por outro lado, não tem lugar e pode transitar entre as classes.

Desse modo, na estratificação social que se desenhou no Brasil colonial e que perdurará nos séculos ulteriores, sobretudo até o fim do segundo reinado, o mulato representará, pela posição que ocupa na divisão das raças e do trabalho, um ser social destituído de posição definida.

Devemos considerar ainda que, como o Raimundo de Aluísio Azevedo, muitas vezes esse tipo social vai ser homem educado nos princípios cosmopolitas da Europa. O tipo, então, ambíguo na cor, se faz também ambíguo em suas qualidades,

A REALIDADE DA FICÇÃO 187

posto que é fruto de relações de tipo tradicionais, mas se faz sujeito social em meio de educação moderna. A qualidade do mulato, então, é a de pertencer, racialmente, a dois mundos, o do negro e o do branco e, economicamente, a dois sistemas, o moderno e o tradicional. Esse tipo sem lugar na estratificação viverá muitas vezes das rendas do lado branco da família, mas não se ocupará de reiterar o sistema que lhe provê os meios de vida. Como no caso de Raimundo, o mulato não sabe ou pelo menos tem uma semiconsciência do sistema servil sob o qual vive. Em *O Mulato*, Raimundo é doutor e tem posses, qualidades de branco. A princípio parece estar habilitado a acessar de maneira sólida o mundo dos brancos, pois se casando com Ana Rosa consolidaria o seu lugar na família e estaria definido o seu lugar nas classes. Mas o fato de ser mulato é obstáculo instransponível para a realização do casamento, pois, se consumado, perverteria o caráter estavelmente branco da família de Manuel da Silva. Assim,

> parece plausível supor que uma das motivações da preferência pelas uniões entre indivíduos de tipo físico próximo, ao contrário da combinação de tipos antropofisicamente distantes como preto com branco ou mulato escuro com mulato claro, está na própria estrutura de classes que histórica e atualmente faz coincidir com as camadas inferiores com pretos e mestiços e as superiores com brancos. Como o conceito de "cor" envolve elementos antropofísicos e sociais e as relações raciais são carregadas de notas de classes, toda união

heterocrômica consiste em um simultâneo rompimento de preconceitos de "cor" e das distinções sociais derivadas da posição e da consciência de classe (AZEVEDO, 1975, p. 65).

Evidentemente, tal realidade microcósmica não é exemplar para todo o Brasil de fins do segundo reinado. Em um país de dimensões continentais e de profunda instabilidade étnica os tipos das relações vão variar muito. "Assim, a concepção de branco e não-branco, varia, no Brasil, em função do grau de mestiçagem, de indivíduo para indivíduo, de classe para classe, de região para região." (NOGUEIRA, 1985, p. 80). O caso é que a província pintada por Aluísio Azevedo em *O Mulato* guarda muito mais elementos tracionais. Ademais, devemos considerar que

> o processo da mestiçagem deve ser analisado no Brasil antes como expressão do dinamismo social intrínseco de uma sociedade multirracial do que como um relacionamento de grupos fechados e autodelimitados, como seria o de maiorias e minorias no sentido político e mesmo jurídico de tais impressões (AZEVEDO, 1975, p. 58).

Raimundo é também por isso o grande protagonista. O caráter ambíguo do personagem, isto é, o fato de não ser negro nem branco, mas mulato, coloca-o em posição socialmente indefinida e é essa busca da definição impossível que permite articular as situações reais-ficcionais que trarão os preconceitos raciais à tona.

O fato é que o tipo de Raimundo realmente existia. Era o homem mulato um sujeito social real em fins do século XIX no Brasil:

> Em três séculos de relativa segregação do Brasil da Europa não-ibérica e, em certas regiões, de profunda especialização econômica e de intensa endogamia – em São Paulo, na Bahia, em Pernambuco – definira-se ou, pelo menos, esboçara-se um tipo de brasileiro de homem, outro de mulher. Um tipo de senhor, outro de escravo. Mas também um meio-termo: o mulato que vinha aos poucos desabrochando em bacharel, em padre, em doutor, o diploma acadêmico ou o título de capitão de milícias servindo-lhe de carta de branquidade. A meia raça a fazer de classe média, tão débil dentro de nosso sistema patriarcal (FREYRE, 2004, p. 430).

Nem negro, nem branco. Escondido dos olhos da sociedade pelos pais brancos, eram os filhos que tinham com escravas, enviados para estudar na Europa. Voltavam ao Brasil bacharéis, cosmopolitas, com modos de classe e distantes em tudo da senzala. E é assim que, com base na realidade, "Aluísio Azevedo escancara a indiferença dos maranhenses em relação ao personagem Raimundo, por sua cor de pele. [...] embora o mulato seja um homem letrado, bem trajado e educado nos costumes europeus." (GOMES, 2007, p. 82).

O fluxo romântico da história também encontra amparo na realidade da vida sexual brasileira de fins do século XIX. A paixão que Ana Rosa logo desperta pelo primo mulato não é fato sem precedentes na história familiar do brasileiro, sobretudo do norte do país. O exotismo da cor, a beleza da mistura, o fato de não carregar a cor dominante faz "a denguice do mulato, [que] é certo que vai às vezes ao extremo da molície – certas ternuras de moça, certos modos doces, gestos quase de mulher agradando homem, em torno do branco socialmente dominante" (FREYRE, 2004, p. 794).[1]

Contudo, há, portanto, em *O Mulato*, um influxo da realidade brasileira de fins do século XIX que é a realidade imperativa do sistema social baseado no regime escravagista e em todas as ideologias decorrentes desse sistema. A desigualdade do meio impõe suas determinações aos tipos e o enredo será encaminhado pela resolução da saída violenta articulada por uma figura religiosa que é o cônego Diogo. Assim, na situação de arte crítica em que se forja o livro a questão do preconceito racial aparece entremeada ao poder da Igreja.

Ora, há em *O Mulato* um substrato sociológico que permite, por meio da ambiguidade do tipo, articular reflexões que contribuem para o entendimento de relações de dominação e subordinação, pois

> [...] a ideologia singular do mulato possui valor explicativo, iluminando melhor as relações de dominação--subordinação que permeiam as ideologias do negro e do branco. A bipolarização da consciência do mulato, com relação ao negro e ao branco, é típica do ser que se

---

1   Uma análise de *O Mulato* que privilegia o aspecto da relação amorosa inter-racial entre Raimundo e Ana Rosa e o papel da questão racial nessa relação é feita por MOUTINHO, 2004. Ainda Gilberto Freyre analisa, sob esse aspecto, diretamente *O Mulato* (FREYRE, 2004, p. 732-734).

define como pessoa em mobilidade. Partindo das abstrações contidas nas ideologias dos outros, ele se vê de uma forma equívoca, marginalizado e fechando-se sobre si mesmo, em busca de uma segurança impossível enquanto for concebido como descendente do negro, do ex-escravo. Por isso a sua consciência é ambígua. Mas justamente por esse motivo, ela ressalta ainda mais o significado mistificador das outras consciências de dominação e de submissão, pois que reflete o hesitar entre os círculos sociais dos grupos privilegiados, identificados ideologicamente com o branco, e os círculos sociais dos grupos subalternos, identificados ideologicamente com o negro. Ao conceber-se ambiguamente, como um ser que tem direito à ascensão social, à despeito de pertencer a camada inferior, à classe dos vendedores da força de trabalho, o mulato indica a relação negro-branco como uma relação falsa, em que o branco e o negro, assim como o próprio mulato são abstrações (IANNI, 1966, p. 53).

Podemos depreender, assim, um sistema social de *O Mulato* no qual parte dos personagens brancos são proprietários e conduzem a história articulando a dominação de tipo tradicional à violência travestida na religião. Pertencentes a esse tipo são personagens como o cônego Diogo, Dona Quitéria e Manuel da Silva. Há também, no sistema social de *O Mulato*, os brancos que são empregados ou agregados e que se deixam conduzir na esperança de tornarem-se condutores. São desse tipo o caixeiro Dias e Ana Rosa. Os personagens negros, subalternos no romance como manda o sistema, são de todo conduzidos. Já o personagem mulato, assumindo um protagonismo às avessas, é completamente inconduzível e por isso precisa ser eliminado por quem conduz. Assim, temos um sistema estratificado pelo marcador racial no qual a cor da classe dominante é branca e a cor da classe subalterna é negra. Uma terceira cor articula-se entre as duas, e ao mesmo tempo em que é cor é também classe cujo único adjetivo é mulato.

Na situação de arte crítica em que *O Mulato* foi forjado, Aluísio Azevedo imprime, ao articular estrategicamente os espaços sociais do livro, o seu pensamento em relação ao meio provinciano em que vivia. O autor faz o leitor desejar que o mulato vença o meio. Faz-nos pensar que Raimundo será o desarticulador do sistema. De fato, o personagem tem essa potencialidade e toda ela está calcada em sua ambiguidade. Mas o outro fato é que o ambiente patriarcal e tradicional impõe sua lógica e impede qualquer final heroico. O mulato será antes mártir do sistema. O seu protagonismo romântico converte-se, então, em conduto realista de denúncia das desigualdades.

Aluísio, então, quis dizer que não há saída? Que o fim está condicionado pelas redes do poder tradicional das classes dominantes? Parece que sim. Isso, no entanto, só foi possível por meio de uma narrativa que se deslocou dos padrões estéticos dominantes. Não obstante, a estratégia narrativa é romântica, mas é também realista: é ambígua. *O Mulato* é romance que bem poderia receber o título *Dr. Raimundo* ou *As delicadas tramas da paixão* como mandava o figurino romântico. De outro modo, Aluísio deu-lhe um título que é de uma categoria humana e

A REALIDADE DA FICÇÃO 193

não de um personagem ou situação. Para expor a dominação deslocou o *modus operandi* do romance da classe dominante, mas, ao mesmo tempo, não se desvinculou completamente do modelo. Esteticamente cumpriu com o figurino, mas não sem se utilizar de adereços arrojados e provocadores.

Sabemos, no entanto, que Aluísio sabia muito bem, quando preciso era, cumprir integralmente com a cartilha de seu tempo. Ambíguo, como um de seus personagens, Aluísio dizia-se naturalista, mas escreveu, antes e depois de *O Mulato*, livros românticos. Atacava em textos quem vivia do erário, mas se tornou servidor público. Disparatava críticas contra o Império, mas, mais tarde, se desencantou e criticou, também, a República. Curioso mas não surpreendente: Aluísio e suas ficções são frutos da realidade ambígua do Brasil.

# REFERÊNCIAS

ADONIAS FILHO. Introdução. In: AZEVEDO, Aluísio. *O Touro Negro*. São Paulo: Martins, 1961, p. 1-9.

ALMEIDA, Rodrigo Estramanho de. *A obra do tempo e o tempo da obra*: sociologia de um romance e pensamento social brasileiro em *O Cortiço* de Aluísio Azevedo. 2006. 57 f. Monografia (Bacharelado em Sociologia e Política) – Escola de Sociologia e Política, São Paulo, 2006.

ALONSO, Ângela. *Ideias em movimento*: a geração 1870 na crise do Brasil-Império. São Paulo: Paz e Terra, 2002.

ARARIPE JÚNIOR. *Teoria, crítica e história literária*. São Paulo: Edusp, 1978.

AZEVEDO, Aluísio. *O Mulato*. São Paulo: Martins, 1959.

_____. *O Homem*. São Paulo: Martins, 1959a.

_____. *O Cortiço*. São Paulo: Martins, 1959b.

_____. *O Livro de uma Sogra*. São Paulo: Martins, 1959c.

_____. *O Touro Negro*. São Paulo: Martins, 1961.

AZEVEDO, Thales de. *Democracia Racial:* ideologia e realidade. Petrópolis: Vozes, 1975.

BALDAN, Ude. Nos idos de 1954: as relações entre literatura e política. In: DEL VECCHIO, Ângelo; TELAROLLI, Sílvia (orgs.). *Literatura e Política Brasileira no Século XX*. São Paulo: Laboratório Editorial FCL/Unesp, 2006. p. 235-255.

BARBOSA, Domingos. *A vida de Aluísio Azevedo*. Maranhão, Departamento de Cultura do Estado, 1966.

BELO, José-Maria. *Inteligência do Brasil:* síntese da evolução literária do Brasil. São Paulo: Companhia Editora Nacional, 1938.

BERGEZ, Daniel; BARBÉRIS, Pierre; BIASI, Pierre-Marc de.; MARINI, Marcelle; VALENCY, Gisele. *Métodos críticos para a análise literária*. São Paulo: Martins Fontes, 2006.

BOBBIO, Norberto. *Dicionário de Política*. vol. 1. Brasília: Editora da UNB, 1998.

BROCA, Brito. Aluísio Azevedo e o romance-folhetim. In: AZEVEDO, Aluísio. *O Esqueleto*. São Paulo: Martins, 1961. p. 15-31.

CANDIDO, Antonio. Introdução. In: AZEVEDO, Aluísio. *Filomena Borges*. São Paulo: Martins, 1960. p. 1-6.

_____. *Literatura e Sociedade:* estudos de teoria e história literária. 8ª ed. São Paulo: T. A. Queiroz, 2002.

CARVALHO, Nadja de Moura. *Jornalismo, pintura, caricatura e romance em interface*: Aluísio Azevedo entre o pincel e a pena. 2002. 150 f. Tese (Doutorado em Comunicação e Semiótica) – Programa de Pós-Graduação em Comunicação e Semiótica, Pontifícia Universidade Católica, São Paulo, 2002.

CARVALHO, José Murilo de. *A formação das almas*: o imaginário da República no Brasil. São Paulo: Companhia das Letras, 1990.

_____. *Os bestializados*: o Rio de Janeiro e a República que não foi. São Paulo: Companhia das Letras, 2004.

CHAIA, Miguel (org.). *Arte e Política*. Rio de Janeiro: Azougue, 2007.

COMTE, August. *Comte*. Os pensadores. São Paulo: Abril Cultural, 1983.

COSTA, Cruz. *História das ideias no Brasil*. 2ª ed. Rio de Janeiro: Civilização Brasileira, 1967.

COUTINHO, Afrânio. *A Literatura no Brasil*. vol. 3. Rio de Janeiro: Editorial Sul Americana, 1969.

DANTAS, Paulo. *Aluísio Azevedo: um romancista do povo*. São Paulo: Melhoramentos, 1954.

DIMAS, Antonio (org.). *Aluísio Azevedo*. São Paulo: Abril Educação, 1980.

DINIZ, Leudjane Michelle Viegas. *Nas linhas da literatura*: um estudo sobre as representações da escravidão no romance *O Mulato*, de Aluísio Azevedo. 2008. 145 f. Dissertação (Mestrado em História) – Programa de Pós-Graduação em História, Universidade Federal de Uberlândia, Uberlândia, 2008.

EDMUNDO, Luís. *O Rio de Janeiro do meu tempo*. Brasília: Ed. Senado Federal, 2003.

FACINA, Adriana. *Literatura e Sociedade*. Rio de Janeiro: Zahar, 2004.

FANINI, Angela Maria Rubel. *Os romances-folhetins de Aluísio Azevedo*: aventuras periféricas. 2003. 340 f. Tese (Doutorado em Teoria Literária) – Universidade Federal de Santa Catarina, Florianópolis, 2003.

FARIA, João Roberto (org.). *Teatro de Aluísio Azevedo e Emílio Rouède*. São Paulo: Martins Fontes, 2002.

FONSÊCA, Natália Raposo da; UCHÔA, Valéria Romano; CARVALHO, Bruna Sampaio de; FERREIRA, Guida Mendonça Figueiredo. Aluísio Azevedo e a imprensa maranhense do século XIX. *XXXI Congresso Brasileiro de Ciências da Comunicação*. Natal: Sociedade Brasileira de Estudos Interdisciplinares da Comunicação, 2008, p. 1-15.

FREYRE, Gilberto. *Sobrados e Mucambos*. 15ª ed. São Paulo: Global, 2004.

_____. *Ordem e progresso*. São Paulo: Global, 2004a.

GÓES, Fernando. Introdução: Aluísio Azevedo e "O Mulato". In: AZEVEDO, Aluísio. *O Mulato*. São Paulo: Martins, 1959.

GOMES, Eugênio. Introdução. In: AZEVEDO, Aluísio. *Girândola de Amores*. São Paulo: Martins, 1960, p. XI-XXIV.

GOMES, Elisangela Pereira. *O mestiço nas obras de Celso de Magalhães e Aluísio Azevedo*. 2007. 93 f. Monografia (Licenciatura Plena em História) – Universidade Estadual do Maranhão, São Luís, 2007.

HADDAD, Jamil Almansur. Introdução. In: AZEVEDO, Aluísio. *A mortalha de Alzira*. São Paulo: Martins, 1961. p. XI-XVII.

HAMBURGER, Kate. *A lógica da criação literária*. São Paulo: Perspectiva, 1986.

HOWE, Irving. *A política e o romance*. São Paulo: Perspectiva, 1998.

IANNI, Octávio. *Raças e classes sociais no Brasil*. Rio de Janeiro: Civilização Brasileira, 1966.

_____. Sociologia e literatura. In: SEGATTO, José Antonio; BALDAN, Ude (orgs.). *Sociedade e literatura no Brasil*. São Paulo: Editora da Unesp, 1999. p. 9-41.

LINS, Ivan. *História do Positivismo no Brasil*. 2ª ed. São Paulo: Editora Companhia Nacional, 1967.

LUKÁCS, György. *Sociologia de la literatura*. Madrid: Ediciones Península, 1966.

LYRA, Pedro. *Literatura e ideologia*: ensaios de sociologia da arte. Rio de Janeiro: Tempo Brasileiro, 1993.

MARTINS, Wilson. *História da inteligência brasileira*. vol. 4 (1977-1896). 2ª ed. São Paulo: Cultrix, 1979.

MELLO, Maria Tereza Chaves de. *A República consentida*: cultura democrática e científica do final do Império. Rio de Janeiro: Editora da FGV; Editora da Edur, 2007.

MENEZES, Raimundo de. *Aluísio Azevedo*: uma vida de romance. São Paulo: Martins, 1958.

MÉRIAN, Jean-Yves. *Aluísio Azevedo, Vida e Obra (1857-1913)*: o verdadeiro Brasil do século XIX. Rio de Janeiro: Espaço e Tempo, 1988.

MILLIET, Sérgio. Introdução. In: AZEVEDO, Aluísio. *O Cortiço*. São Paulo: Martins, 1959. p. 11-16.

MONTELLO, Josué. *Aluísio Azevedo e a polêmica de O Mulato*. Rio de Janeiro: José Olympio. Brasília, INL, 1975.

MOUTINHO, Laura. *Razão, "cor" e desejo*. São Paulo: Editora Unesp, 2004.

NOGUEIRA, Oracy. *Tanto preto quanto branco*: estudos de relações raciais. São Paulo: T. A. Queiroz, 1985.

OLIVEIRA, Ana Maria. *A questão racial na obra "O Mulato" de Aluísio Azevedo*. 2008. 69 f. Monografia (Licenciatura em História) – Curso de História da Universidade Estadual do Maranhão, São Luís, 2008.

OLIVEIRA, Erson Martins. *Aluísio Azevedo – da crônica jornalística ao romance realista*: uma revisão crítica. 2003. 184 f. Tese (Doutorado em Comunicação e Semiótica) – Programa de Pós-Graduação em Comunicação e Semiótica, Pontifícia Universidade Católica, São Paulo, 2003.

PEIXOTO, Afrânio. Lembranças de Aluísio Azevedo. In: PEIXOTO, Afrânio. *Poeira da Estrada*. Rio de Janeiro: Livraria Francisco Alves, 1918. p. 141-152.

PEREIRA, Lúcia Miguel. Aluísio Azevedo. In: AZEVEDO, Aluísio. *Uma Lágrima de Mulher*. São Paulo: Livraria Martins Editora, 1960

PORTELLA, Eduardo. *Fundamento da investigação literária*. Rio de Janeiro: Tempo Brasileiro, 1981.

PROENÇA FILHO, Domício. A trajetória do negro na literatura brasileira. *Estudos Avançados*, vol. 18, nº 50, p. 161-193, 2004.

REUTER, Yves. *Introdução à análise do romance*. São Paulo: Martins Fontes, 2004.

RIBEIRO, Darcy. *O povo brasileiro*: a formação e o sentido do Brasil. São Paulo: Companhia das Letras, 2006.

RICCIARDI, Giovanni. *Sociologia da literatura*. Lisboa: Europa-América, 1971.

ROMERO, Silvio. *Teoria, crítica e história literária*. São Paulo: Edusp, 1978.

ROSENFELD, Anatol. Literatura e Personagem. In: _____; CANDIDO, Antonio; PRADO, Décio de Almeida; GOMES, Paulo Emílio Salles. *A personagem de ficção*. São Paulo: Perspectiva, 2007. p. 9-49.

SCHWARZ, Roberto. *Um mestre na periferia do capitalismo*: Machado de Assis. São Paulo: Editora 34, 2000.

SKIDMORE, Thomas E. *Preto no Branco*: raça e nacionalidade no pensamento brasileiro. Rio de Janeiro: Paz e Terra, 1976.

SEVCENKO, Nicolau. *Literatura como missão*: tensões sociais e criação cultural na primeira república. 2ª ed. São Paulo: Companhia das Letras, 2003.

SILVEIRA, Homero. Introdução. In: AZEVEDO, Aluísio. *O Livro de uma Sogra*. São Paulo: Martins, 1959. p. 13-21.

SODRÉ, Nelson Werneck. *O naturalismo no Brasil*. Rio de Janeiro: Civilização Brasileira, 1965.

SÜSSEKIND, Flora. *Tal Brasil, qual romance?* Uma ideologia estética e sua história: o naturalismo. Rio de Janeiro: Achiamé, 1984.

TRINGALI, Dante. *Escolas Literárias*. São Paulo: Musa Editora, 1994.

VIEIRA, José Geraldo. Introdução. In: AZEVEDO, Aluísio. *O Homem*. São Paulo: Martins, 1959, p. 19-26.

WOLF, Ferdinand. *O Brasil Literário*: história da literatura brasileira. São Paulo: Companhia Editora Nacional, 1955.

ZOLA, Émile. *O Romance Experimental e o Naturalismo no Teatro*. São Paulo: Perspectiva, 1979.

# ÍNDICE DAS ILUSTRAÇÕES

FIGURA 1    51
Aluísio Azevedo em 1881

FIGURA 2    126
Juízo Final

FIGURA 3    127
O gato República

FIGURA 4    128
As três idades

FIGURA 5    165
Recibo de A. Azevedo: pagamento da edição de
*Mistérios da Tijuca*

# AGRADECIMENTOS

Agradeço à Coordenação de Aperfeiçoamento de Pessoal de Nível Superior (CAPES) pela bolsa concedida durante a pesquisa, o apoio irrestrito do corpo diretivo da Fundação Escola de Sociologia e Política de São Paulo (FESPSP), a acolhida permanente dos coordenadores e colegas do Núcleo de Estudos em Arte, Mídia e Política (NEAMP) da Pontifícia Universidade Católica de São Paulo (PUC/SP) e o auxílio para a publicação concedido pela Fundação de Amparo à Pesquisa do Estado de São Paulo (Fapesp). Meus agradecimentos àqueles que contribuíram diretamente para que a dissertação virasse, agora, esse livro: ao orientador deveras da pesquisa, professor Miguel Chaia, às professoras Rose Segurado e Ude Baldan, leitoras indispensáveis, à Maria Cecília Turatti pela motivação imprescindível e ao professor Jorge Nagle pelo diálogo, leituras e livros constantes.

Esta obra foi impressa em Santa Catarina no verão de 2012 pela Nova Letra Gráfica & Editora. No texto foi utilizada a fonte Palatino Linotype em corpo 10,5 e entrelinha de 17 pontos.